सर्वश्रेष्ठ रूसी लोककथाएँ

भूमिका

रूस की विशाल धरती पर, जहाँ जंगल आँखों की हद से आगे फैल जाते हैं और कठोर सर्दियाँ भूमि पर मौन की परतें उकेर देती हैं, वहाँ कहानियाँ सदियों से लोगों का आश्रय और ऊष्मा रही हैं. इन कथाओं को प्रारम्भ में लिखा नहीं गया था—वे बोली जाती थीं. लकड़ी के घरों में पीढ़ी दर पीढ़ी फुसफुसाते हुए, चूल्हे के पास लंबी शामों में सुनाई जाती थीं, थके हुए यात्री अपने पैरों को विश्राम देते हुए बाँटते थे, या फिर दादियों की धीमी, अनुभवी आवाजें उन्हें आगे बढ़ाती थीं.

रूसी लोककथाएँ वैसे ही जन्मीं जैसे धरती से झरने फूटते हैं—स्वाभाविक रूप से, धैर्य के साथ, स्मृति और विश्वास से आकार पाती हुई. वे एक ऐसे संसार से आती हैं जहाँ अलौकिक कोई कल्पना नहीं बल्कि दैनिक जीवन में बुनी हुई एक वास्तविक उपस्थिति है. इन कथाओं में जंगल साँस लेते हैं, जानवर बोलते हैं, चुड़ैलें अच्छाई और बुराई के बीच डगमगाती हुई रहती हैं, और युवा नायक साधारण और जादुई जगत के बीच उसी सहजता से सीमा पार करते हैं जैसे कोई नदी पार करता है.

इनमें प्राचीन मूर्तिपूजक अनुष्ठानों की गूँज, степре के गीत, गाँववालों के भय और आशाएँ, सरल मन वालों का हास्य, और अज्ञात की ओर स्वेच्छा से कदम बढ़ाने वालों का साहस छिपा हुआ है. ये उन भूमियों का प्रतिबिंब हैं जहाँ सौन्दर्य और जोखिम साथ-साथ चलते हैं, जहाँ रात आत्माओं से भरी रहती है, और जहाँ जंगल की हर पगडंडी विनाश या विस्मय—दोनों में से किसी एक की ओर ले जा सकती है.

फिर भी ये कथाएँ केवल अपने जादू के कारण जीवित नहीं रहीं. वे मनुष्य के सबसे गहरे अनुभवों को छूती हैं—प्रेम की आकांक्षा, ईर्ष्या की क्रूरता, अकेलेपन का बोझ, साहस का आह्वान, भटकने का प्रलोभन, और परिवर्तन की संभावना—बाहरी ही नहीं, आंतरिक भी. चाहे कोई सैनिक किसी डाइन का सामना करे, कोई युवती अपने सौतेले परिवार की घृणा से बच निकले, या कोई मूर्ख वहीं सफल हो जहाँ समझदार असफल हो जाते हैं—हर कथा आत्मा के लिए एक दर्पण बन जाती है.

ये कथाएँ, कभी अंधेरी, कभी उज्ज्वल, पाठकों को मोहने, सिखाने और प्रेरित करने का कार्य यूँ ही करती रहें—इसी शुभकामना के साथ. इनके जादू में एक ऐसी सत्यता छिपी है जो स्मृति से भी पुरानी है: कि बचपन और बुद्धि, दृश्य और अदृश्य—

इनके बीच एक ऐसा संसार है जहाँ सब कुछ संभव है, बस कोई उसमें प्रवेश करने का साहस कर ले.

रूसी लोककथाएँ

रूस में लोककथाओं का स्थान यूरोप के किसी भी अन्य देश से भिन्न है. ये केवल समय बिताने के लिए सुनाई जाने वाली कहानियाँ नहीं हैं—ये लोगों का दर्पण हैं, स्लाव स्मृति का जीवित अभिलेख, जीवन का विद्यालय, और पीढ़ियों से संजोया गया आध्यात्मिक उत्तराधिकार.

1. सहस्राब्दी पुरानी मौखिक विरासत

उन्नीसवीं शताब्दी में अफानास्येव जैसे विद्वानों द्वारा इन्हें संकलित करने से बहुत पहले, ये कहानियाँ देश भर में स्वतंत्र रूप से भटकती थीं. वे गाँव-गाँव पहुँचती थीं, इन लोगों द्वारा ले जाई जाती हुई:

– साधारण किसान
– अनुभवी यात्री
– दूरस्थ युद्धों से लौटते सैनिक
– और सबसे बढ़कर, स्काज़ितेल्नित्सी—वे प्रख्यात बुद्धिमती महिलाएँ जो केवल अपनी आवाज़ से सम्मोहन पैदा कर सकती थीं.

इनकी जड़ें पूर्व-ईसाई स्लाव मान्यताओं में गहराई तक उतरती हैं.

बाबा यागा स्वयं प्राचीन मृत्यु-देवियों और अनियंत्रित वन्य शक्तियों की धुंधली प्रतिध्वनि है.

जानवरों में रूपांतरण पुराने टोटमिक अनुष्ठानों की फुसफुसाहट हैं, जब मनुष्य और पशु एक ही आत्मा साझा करते थे.

कथाओं में बार-बार आने वाली परीक्षाएँ—हमेशा तीन बार—प्राचीन इंडो-यूरोपीय ब्रह्मांड-लय का अनुसरण करती हैं: आरंभ, संघर्ष, पुनर्जन्म.

ये कथाएँ कभी मनमानी कल्पनाएँ नहीं थीं; ये एक जनता की साँस थीं, रात की आग और लंबी सर्दियों द्वारा शताब्दियों तक आकार दी गईं.

2. वन: रूसी संसार का पौराणिक हृदय

लगभग हर कथा में वन उपस्थित है—विस्तृत, रहस्यमय, सजीव.

– यह खोए हुए को आश्रय देता है.

– यह असावधान को निगल जाता है.

– यह उन लोगों को रूपांतरित कर देता है जो उसमें प्रवेश करने का साहस रखते हैं.

वन केवल एक पृष्ठभूमि नहीं है: यह एक दहलीज है, दृश्य संसार और अदृश्य संसार के बीच एक मार्ग.

रूसी कल्पना के लिए, यह सदा एक पवित्र स्थान रहा है—प्राचीन आत्माओं और अदृश्य शक्तियों से भरा हुआ—जहाँ जीवन के सामान्य नियम मुड़ जाते हैं और विलीन हो जाते हैं.

इसकी शाखाओं के नीचे कदम रखना, नियति में प्रवेश करना है.

3. शक्तिशाली महिलाएँ: स्लाव परंपरा की विशिष्ट पहचान

पश्चिमी कथाओं की निष्क्रिय नायिकाओं के विपरीत, रूसी नायिकाएँ शक्ति से भरी होती हैं:

– साहसी,
– बुद्धिमती,
– चतुर,
– कभी-कभी जादुई,

– और अक्सर अपनी रक्षा स्वयं करने में सक्षम.

वासिलिसा अपनी जादुई गुड़िया के साथ, एलेना द वाइज़ अपने ज्ञान-ग्रंथ के साथ, या फिनिस्ट द ब्राइट फाल्कन की खोज में समर्पित युवती—ये सभी एक प्रखर, प्रकाशमान नारीत्व का प्रतीक हैं.

वे संरक्षिका हैं, खोजी हैं, अपने भाग्य की स्वामिनी हैं; वे प्रशंसा जगाती हैं, और कभी-कभी भय भी.

इनमें यह स्लाव विश्वास जीवित है कि अंतर्ज्ञान और बुद्धि तलवारों और मंत्रों जितनी ही शक्तिशाली देन हैं.

4. कठोर भूमियों के लिए नैतिक दिशा-सूचक

रूसी लोककथाएँ जीवन-रक्षा का विद्यालय थीं.

अद्भुतता, हास्य और कभी-कभी कठोरता के माध्यम से, वे महत्वपूर्ण गुण सिखाती थीं:

– खतरे के सामने सावधानी,
– अजनबी के प्रति आतिथ्य,
– कठिनाइयों में धैर्य,

– विनम्रता,
– निष्ठा,
– और वह प्राचीन बुद्धि जो कहती है कि दिखावे पर कभी भरोसा नहीं करना चाहिए.

ये कहानियाँ उन भूमियों के नियम फुसफुसाती थीं जहाँ सर्दियाँ लंबी थीं, वन गहरे थे, और भाग्य अनिश्चित.

5. व्यवस्था और अराजकता के बीच शाश्वत संघर्ष

इन कहानियों के केंद्र में एक ब्रह्मांडीय संघर्ष है.

अराजकता—चुड़ैलें, दानव, जादुई तूफान, मंत्रमुग्ध वन—सदैव संसार की नाजुक व्यवस्था को तोड़ने की धमकी देता है.

इसके विरुद्ध खड़ा होता है साहस या सद्‌गुण का बल: साहसी युवक, चतुर युवती, या किस्मत द्वारा संरक्षित सरल-मन वाला नायक.

यह तनाव रूसी जीवन-दर्शन को प्रतिबिंबित करता है:

जीवन विनाश और संरक्षण के बीच एक निरंतर संघर्ष है.

कोई अंतिम विजय नहीं होती—केवल संतुलन होता है, जिसे बार-बार अर्जित करना पड़ता है.

6. विस्मय: सत्य का एक रूप

रूसी जनता के लिए अलौकिक कभी केवल कल्पना नहीं था.

यह वास्तविकता का एक अन्य रूप था, संसार की वह परत जो दृष्टि के ठीक पार चमकती थी.

इनका उद्देश्य केवल मनोरंजन नहीं था.

वे समझाने, आश्वस्त करने, चेतावनी देने, मार्गदर्शन करने का कार्य करती थीं—प्रतीकों, रूपांतरणों और स्वप्नों की भाषा के माध्यम से.

उन्हें सुनना यह सीखना था कि संसार आकार में कहीं बड़ा, अजीब और अधिक जादुई है जितना दैनिक जीवन दिखाई देता है.

अनुक्रमणिका

अल्योन्उश्का

बहुत समय पहले, एक बूढ़ा आदमी और उसकी बूढ़ी पत्नी रहते थे; उनकी एक बड़ी बेटी थी—अल्योन्उश्का—और एक छोटा बेटा था—इवान. फिर बूढ़ा आदमी और उसकी पत्नी दोनों मर गए. अल्योन्उश्का और छोटा इवान दुनिया में बिल्कुल अकेले रह गए. कैसे जियें? उन्हें काम ढूँढ़ना था. अल्योन्उश्का ने अपने छोटे भाई का हाथ पकड़ा और वे दोनों बहुत लंबी सड़क पर, बहुत विशाल मैदानों के पार चल पड़े. कुछ देर बाद छोटे इवान को प्यास लगी.

"बहन अल्योन्उश्का, मुझे प्यास लगी है!"

उसने कहा.

"धैर्य रखो, छोटे भाई, जल्दी ही कुएँ पर पहुँच जाएँगे."

वे चलते रहे, चलते रहे, लेकिन सूरज आसमान के बीचों-बीच था, कुआँ अभी बहुत दूर था, गरमी तपा रही थी, और दोनों के शरीर पसीने से भीग रहे थे. तभी रास्ते में क्या दिखाई दिया?

गाय के खुर का एक छोटा-सा निशान, पानी से भरा हुआ!

"बहन अल्योन्उश्का, मैं इस खुर-निशान से पानी पी लूँ?"

"नहीं, छोटे भाई, तुम पीओगे तो एक बछड़ा बन जाओगे!"

इवान ने अपने को रोक लिया, और वे आगे चलते रहे.

लेकिन सूरज आसमान के बीचों-बीच था, कुआँ अभी दूर था, गरमी तपा रही थी, और दोनों पसीने में भीगे थे. तभी फिर रास्ते में क्या दिखा?

घोड़े के खुर का निशान—पानी से भरा हुआ!

"बहन अल्योन्उश्का, मैं इस खुर-निशान से पानी पी लूँ?"

"नहीं, छोटे भाई, तुम पीओगे तो एक छोटा घोड़ाफ़ाल (बछेड़ा) बन जाओगे!"

इवान ने गहरी साँस ली, और वे आगे बढ़ते रहे.

वे चलते रहे, चलते रहे—पर सूरज आसमान में दहक रहा था, कुआँ अभी बहुत दूर था, गरमी कड़क थी, और दोनों पसीने से भीगे थे. तभी तीसरी बार रास्ते में क्या दिखा? बकरी के खुर का एक निशान, पानी से भरा हुआ!

छोटे इवान ने कहा:

"बहन अल्योन्उश्का, मैं अब और नहीं सह सकता. मुझे इस खुर-निशान से पानी पी लेने दो."

"नहीं, छोटे भाई, तुम पीओगे तो एक बकरी का बच्चा बन जाओगे!"

लेकिन इस बार इवान ने कुछ न सुना. उसने बकरी के खुर-निशान का पानी पी लिया.

वह पानी पीते ही... **एक सफेद बकरी का बच्चा बन गया**!

अब जब अल्योन्उश्का अपने छोटे भाई को बुलाती, तो इवान की जगह एक सफेद नन्हा बकरा दौड़ता हुआ आता!

अल्योन्उश्का रो पड़ी—गरम आँसू बहाती रही—घास के ढेर की छाया में बैठकर खूब रोई, जबकि नन्हा बकरा उसके चारों ओर उछलता-कूदता रहा.

तभी वहाँ से एक धनी व्यापारी गुज़र रहा था.

वह रुका और बोला: "सुंदरी, तुम इतनी रो क्यों रही हो?"

अल्योन्उश्का ने उसे पूरी विपत्ति सुना दी.

व्यापारी बोला:

"तो मुझसे विवाह कर लो. मैं तुम्हें सोने-चाँदी के कपड़े पहनाऊँगा. और यह सफेद बकरा हमारे साथ रहेगा."

अल्योन्उश्का ने सोचा—लंबे समय तक सोचा—और अंत में व्यापारी से विवाह करने के लिए तैयार हो गई.

इस प्रकार वे घर बसाकर रहने लगे, और बकरा भी उनके साथ रहने लगा; वह तो बड़ी बहन के कटोरे में उसके साथ खाता-पीता भी था.

एक दिन व्यापारी घर से बाहर गया हुआ था. न जाने कहाँ से, पर उसी समय एक दुष्ट डायन वहाँ आ पहुँची.

वह अल्योन्उश्का की खिड़की के नीचे रुकी और मीठी मीठी बातों से उसे बहलाने लगी:

"चलो, नदी में नहाने चलते हैं," उसने कहा.

और अल्योन्उश्का उसके साथ चली गई.

नदी किनारे पहुँचते ही डायन उस पर टूट पड़ी, उसके गले में बड़ा पत्थर बाँध दिया, और उसे गहरे पानी में ढकेल दिया।

फिर वह स्वयं अल्योन्उश्का में बदल गई, उसके सुंदर कपड़े पहन लिए, और वापस घर चली गई.

किसी ने भी नहीं पहचाना कि वह डायन है. व्यापारी भी लौटकर आया तो कुछ न समझ सका.

केवल छोटा बकरा—उसे सब कुछ पता था.

उसका शोक बहुत बड़ा था; वह न खाता, न पीता; सुबह-शाम नदी किनारे जाता और पुकारता:

“अल्योन्उश्का बहन!

पानी की तह से ऊपर आओ, जल्दी ऊपर आओ!”

जब डायन को यह पता चला, तो उसने तुरंत पति पर दबाव डालना शुरू किया:

“इस बकरे को मार डालो, सुनते हो? इसे मेरे लिए मारना ही होगा!”

व्यापारी को उस बकरे पर दया आती थी; वह उसे प्यार करता था.

लेकिन डायन इतनी ज़बरदस्ती और ज़िद करने लगी कि अंत में वह भी हार गया:

“ठीक है! लेकिन तुम ही इसे मारना…”

डायन ने आदेश दिया कि बड़े-बड़े अग्निकुंड जलाए जाएँ, लोहे के भारी कड़ाह गरम किए जाएँ, और तेज़ स्टील की छुरियाँ तेज़ की जाएँ.

बकरे ने सब समझ लिया—उसके दिन गिने हुए थे.

तो वह अपने पालक-पिता से बोला:

"मरने से पहले मुझे नदी तक जाने दो—उसका पानी पी लूँ, अपनी देह धो लूँ..."

"क्यों नहीं? जाओ."

नन्हा बकरा नदी की ओर दौड़ पड़ा, किनारे पहुँचा और करुण स्वर में पुकारने लगा:

"अल्योन्उश्का बहन!

पानी की तह से ऊपर आओ, जल्दी ऊपर आओ!

बड़े अग्निकुंड जल रहे हैं, लोहे के भारी कड़ाह गरम हो रहे हैं, तेज़ स्टील की छुरियाँ चमक रही हैं— वे मुझे मार डालना चाहते हैं!"

अल्योन्उश्का ने नदी के तल से उत्तर दिया:

"हाय, मेरे छोटे भाई इवान, मेरी गर्दन से बँधा पत्थर बहुत भारी है, तेज़ काई ने मेरे पैरों को जकड़ लिया है, पीली रेत ने मेरे सीने को कैद कर लिया है..."

तभी डायन बकरे को ढूँढ़ते हुए पहुँच गई.

जब वह उसे नहीं मिली, तो उसने नौकर को भेजा: "जाओ, उसे पकड़कर यहाँ लाओ!"

नौकर नदी पर पहुँचा, और क्या देखता है?

बकरा बेचैनी से किनारे पर टहल रहा है और फिर उसी करुण स्वर में पुकार रहा है:

"अल्योन्उश्का बहन!

पानी की तह से ऊपर आओ, जल्दी ऊपर आओ!

बड़े अग्निकुंड जल रहे हैं, लोहे के भारी कड़ाह गरम हो रहे हैं, तेज़ स्टील की छुरियाँ चमक रही हैं— वे मुझे मार डालना चाहते हैं!"

और नदी की तह से वही आवाज़ आती है:

"हाय, मेरे छोटे भाई इवान, मेरी गर्दन से बँधा पत्थर बहुत भारी है, तेज़ काई ने मेरे पैरों को जकड़ लिया है, पीली रेत ने मेरे सीने को कैद कर लिया है..."

नौकर दौड़ता हुआ वापस घर पहुँचा और व्यापारी को सब बताया.

लोग जल्दबाज़ी में इकट्ठे हुए, नदी पर पहुँचे, अपने बड़े रेशमी जाल डाले और अल्योन्उश्का को नदी की तह से बाहर निकाल लिया.

उन्होंने उसके गले से पत्थर खोला, उस बेचारी लड़की को झरने के पानी से धोया, और उसे उसका सबसे सुंदर वस्त्र पहना दिया.

और अल्योन्उश्का—जीवन में लौटकर—पहले से भी अधिक सुंदर हो गई!

और बकरा खुशी के मारे तीन कलाबाज़ियाँ खाकर फिर से छोटा लड़का इवान बन गया—जैसा वह पहले था.

जहाँ तक दुष्ट डायन का सवाल है—उसे घोड़े की पूँछ से बाँधकर विस्तृत मैदानों पर दौड़ा दिया गया!

वासिलीसा सुन्दरी

एक बार की बात है, एक व्यापारी था, जिसकी एक ही बेटी थी—वासिलीसा सुन्दरी. जब लड़की आठ वर्ष की होने लगी, तो उसकी माँ का देहान्त हो गया. अपनी मृत्यु निकट जानकर, माँ ने उसे अपने पास बुलाया, बिस्तर के नीचे से एक छोटी-सी गुड़िया निकाली और वासिलीसा से कहा:

"मेरी आख़िरी बात सुनो और मेरी अंतिम इच्छा मानो. मैं तुम्हें यह गुड़िया अपनी मातृ-आशीष के साथ देती हूँ. इसे संभालकर रखना, किसी को दिखाना नहीं. जब कभी तुम दुःख में हो, जब कोई विपत्ति तुम पर टूट पड़े, तो इस गुड़िया को खिलाना और उससे सलाह माँगना.

वह तुम्हारी हर मुसीबत में मदद करेगी."

व्यापारी की पत्नी ने अपनी बच्ची को चूमा—और मर गई.

विधुर ने जैसा उचित था वैसा शोक मनाया, फिर उसने दोबारा विवाह करने का विचार किया. उसने अपने समान एक विधवा को चुना, जो अब जवानी पार कर चुकी थी और जिसकी दो बेटियाँ थीं, लगभग वासिलीसा की ही उम्र की. "अच्छी गृहिणी है," उसने सोचा, "और समझदार माँ होगी." सो उसने उससे विवाह कर लिया.

लेकिन वह स्त्री और उसकी बेटियाँ वासिलीसा से जलती थीं. वे उसे तंग करतीं, तरह-तरह के कामों का बोझ उस पर डालतीं, ताकि हवा और धूप उसकी रंगत बिगाड़ दें, काम उसे कमजोर और कुरूप बना दे. लेकिन वासिलीसा बिना किसी शिकायत के सब कुछ सहती रही—और हर दिन पहले से

ज़्यादा सुन्दर होती गई; उसका चेहरा और गोरा और गुलाबी होता गया, जबकि सौतेली माँ और उसकी बेटियाँ, जो कभी अपना हाथ-पैर नहीं हिलातीं, आलस्य में डूबी रहतीं, जलन के मारे पीली और दुबली होती गईं.

उन्हें यह नहीं मालूम था कि गुड़िया वासिलीसा की सहायता करती है. रात को, जब सब सो जाते, तो लड़की अपने छोटे-से कोठार में अपने को बंद कर लेती, गुड़िया के लिए खाना परोसती और अपने दुःख सुनाती:

"छोटी गुड़िया, पेट भरकर खाओ, मेरी पीड़ा सुनो! मेरे पिता के घर में जीवन बहुत दुखद है; मेरी दुष्ट सौतेली माँ मेरा सर्वनाश चाहती है."

गुड़िया खा लेती, फिर वासिलीसा को ढाढ़स बँधाती, सलाह देती—और सुबह तक उसके बदले सारा काम पूरा हो चुका होता.

वासिलीसा ठंडी छाया में विश्राम करती, फूल चुनती, और इस बीच पानी भर लिया जाता, पत्तागोभी को सींच दिया जाता, बगीचे की निराई हो जाती, चूल्हा जल जाता. और लड़की अपनी गुड़िया को बेहद चाहती, उसे हमेशा सबसे अच्छा निवाला खिलाती.

जैसे-जैसे वासिलीसा बड़ी होती गई, वह उतनी ही अधिक सुन्दर होती गई—और उतनी ही अधिक सौतेली माँ उसे नफरत करने लगी.

एक दिन व्यापारी को लंबे सफ़र पर जाना पड़ा. सौतेली माँ घर बदलकर जंगल के किनारे बस गई. उसी जंगल में बाबा यागा रहती थी—वह बूढ़ी डायन. वह किसी को अपने इलाक़े के पास फटकने नहीं देती थी और लोगों को मुर्गे की तरह चबा जाती थी.

वासिलीसा से छुटकारा पाने के लिए, सौतेली माँ उसे बार-बार जंगल भेजती—कभी यह लाने, कभी वह लाने. लेकिन लड़की हमेशा सुरक्षित लौट आती; उसकी गुड़िया उसे राह दिखाती, बाबा यागा के घर से दूर रखती.

शरद ऋतु आ गई. बाहर अँधेरा रहता, बारिश होती, हवा चिल्लाती; देर की पतझड़ थी. लंबी शामों में लड़कियाँ काम करतीं—एक लेस बनाती, दूसरी मोज़े बुनती, और वासिलीसा सन कातती. सौतेली माँ रात भर के लिए उन्हें काम सौंप देती और स्वयं सोने चली जाती, बस एक मोमबत्ती जलती छोड़कर.

उसकी बेटियों में से एक ने नाटक करते हुए, जैसे अनजाने में हो, मोमबत्ती बुझा दी, और चिल्लाई:

“अरे, क्या अनर्थ हो गया! काम अभी पूरा नहीं हुआ और घर में ज़रा-सी चिंगारी तक नहीं बची. हमें तो बाबा यागा के पास जाकर आग माँगनी होगी! कौन जाएगा?”

“मैं नहीं,” लेस बुनने वाली बोली, “अपने काँटों के साथ मैं साफ़ देख सकती हूँ.”

“मैं भी नहीं,” मोज़े बुनने वाली बोली, “मेरी सुइयाँ चमकती हैं, मैं अच्छी तरह देख रही हूँ.”

और दोनों वासिलीसा पर टूट पड़ीं:

"तुम ही जाओ, बाबा यागा से आग लाकर लाओ!"

उन्होंने उसे कमरे से धक्का देकर बाहर निकाल दिया.

वासिलीसा भागकर अपने कोठार में गई, गुड़िया के लिए रात का भोजन परोसा और रोते हुए बोली:

"छोटी गुड़िया, पेट भरकर खाओ, मेरी पीड़ा सुनो! वे मुझे बाबा यागा के पास भेज रही हैं.

वह मुझे खा जाएगी!"

"मत डर," गुड़िया ने उत्तर दिया. "मुझे अपने साथ ले लो और निश्चिन्त होकर वहाँ जाओ जहाँ वे तुम्हें भेज रही हैं. जब तक मैं तुम्हारे साथ हूँ, तुम्हें कोई हानि नहीं होगी."

वासिलीसा ने गुड़िया को अपनी जेब में रखा और अँधेरे जंगल में चल पड़ी—अजानी पगडंडियों और भूले-बिसरे रास्तों पर. जंगल घना था; आकाश में कोई तारा नहीं दिखता था, चाँद बादलों में छिपा था.

वासिलीसा कुछ दूर चली ही थी कि एक सवार उसे पीछे छोड़ते हुए निकल गया—पूरा सफेद, सफेद वस्त्रों में, सफेद घोड़े पर, सफेद जीन-साज़ के साथ. तुरंत आकाश कुछ उजला हो गया. वह आगे चली गई, तो दूसरा सवार दिखाई दिया—पूरा लाल, लाल वस्त्रों में, लाल घोड़े पर, लाल जीन-साज़ के साथ. और फिर सूर्य निकल आया.

केवल संध्या के समय वासिलीसा उस खुली जगह तक पहुँची जहाँ बाबा यागा का घर था.

उसका घर हड्डियों से बना था; छत पर आँखों वाले खोपड़े जड़े थे; फाटक के खम्भे मानव टांगों की हड्डियाँ थीं, किवाड़ों की कुंडियाँ और चिटकनी मानव हाथ थे, और दरवाज़े को बंद करने के लिए जो ताला था, वह दाँतों वाली मुँह की तरह था, हरदम काटने को तैयार.

बेचारी लड़की यह देखकर पत्ते की तरह काँपने लगी. तभी एक तीसरा सवार आ पहुँचा—पूरा काला, काले वस्त्रों में, काले घोड़े पर, काले साज़ के साथ. तुरंत रात हो गई और खोपड़ियों की आँखें जल उठीं, जैसे दिन का उजाला फैल गया हो. वासिलीसा भाग जाना चाहती थी, पर डर ने उसके पैर ज़मीन से बाँध दिए.

अचानक जंगल में बड़ा शोर हुआ: टहनियाँ टूटने लगीं, पत्ते सरसराए. और मैदान में धड़धड़ाती हुई बाबा यागा आ पहुँची—बूढ़ी डायन. वह ओखली में बैठकर चलती थी, मूसल से उसे आगे धकेलती और पीछे अपने निशान को झाड़ू से मिटा देती.

ओखली फाटक के पास आकर रुक गई; बाबा यागा ने नाक से तेज़ साँस ली, चारों ओर सूँघा और चिल्लाई:

"मुझे यहाँ मनुष्य का मांस की गंध आ रही है!

जो भी है, सामने आ!"

काँपती हुई वासिलीसा आगे बढ़ी, गहरे झुककर बोली:

"मैं हूँ, दादी. मेरी सौतेली माँ की बेटियों ने मुझे आपके पास आग माँगने भेजा है."

"अच्छा, मैं उन्हें जानती हूँ," बाबा यागा बोली.

"ठीक है, तुम यहीं रहोगी और मेरी सेवा करोगी. अगर काम ठीक-ठाक किया, तो तुम्हें आग दूँगी; नहीं तो तुम्हें खा जाऊँगी!"

बाबा यागा फाटक की ओर मुड़ी और चिल्लाई:

"खुल जाओ, मजबूत कुंडियों! चौड़े फाटक, चौड़े होकर खुल जाओ!"

फाटक खुल गए और बाबा यागा सीटी बजाती हुई आँगन में लुढ़कती हुई चली गई.

वासिलीसा उसके पीछे-पीछे चली. और फाटक बंद हो गए.

घर के अंदर पहुँचकर बाबा यागा बेंच पर लम्बी होकर बैठ गई और वासिलीसा को हुक्म दिया:

"रसोई और भंडारघर की हर चीज़ मेरे सामने ले आओ! जल्दी करो—मुझे बहुत भूख लगी है!"

वासिलीसा ने उसकी सेवा शुरू की—पाई और भुने हुए व्यंजन, तरह-तरह के फ्रिकासी और अचार, टार्ट और पेस्ट्री, हैम और सूप. तलेघर से उसने क्वास और वोडका, तरह-तरह की बीयरें और शराबों के घड़े ऊपर लाए—खाने-पीने के लिए इतना कि दस आदमी पेट भर लें!

बाबा यागा ने हर थाली साफ़ कर दी, घड़ों और बोतलों की आख़िरी बूँद तक पी गई.

वासिलीसा के लिए सिर्फ़ रोटी का एक टुकड़ा, थोड़ा-स-सा सूप और भुने हुए मांस की छोटी-सी कमी बची. फिर डायन बोली:

“कल, जब मैं घर से बाहर जाऊँगी, तो तुम आँगन झाड़ू से साफ़ करोगी, घर की सफ़ाई करोगी, खाना पकाओगी, कपड़े अलग करोगी और छाँटोगी. उसके बाद गोदाम से गेहूँ की एक पूरी माप (लगभग एक टोकरी) निकालकर दाना-दाना छाँटोगी. देखना, सब कुछ ठीक-ठाक हो—नहीं तो मैं तुम्हें खा जाऊँगी!”

वह लेट गई और खर्राटे भरने लगी.

वासिलीसा ने गुड़िया के लिए बचा हुआ खाना परोसा और आँसू भरी आवाज़ में कही:

“छोटी गुड़िया, पेट भरकर खाओ, मेरी पीड़ा सुनो! अगर मैं यह सारा काम पूरा न कर पाई, तो बाबा यागा मुझे खा जाएगी!”

“मत डर,” गुड़िया ने उत्तर दिया. “निश्चिन्त होकर सो जाओ; शाम सब कुछ काला दिखाती है, पर सुबह बुद्धिमान होती है.”

वासिलीसा भोर से पहले उठ गई, मगर बाबा यागा उससे पहले ही उठ चुकी थी. थोड़ी ही देर में खोपड़ियों की आँखें बुझ गईं. सफेद सवार गुज़रा और दिन निकल आया. बाबा यागा आँगन में आई और सीटी बजाई; तुरंत ओखली उसके सामने प्रकट हो गई, मूसल और झाड़ू के साथ. लाल सवार गुज़रा और सूरज

आ गया. बाबा यागा अपने वाहन में बैठी और तेज़ी से निकल गई—ओखली में चलती है, मूसल से उसे आगे धकेलती है, झाड़ू से अपना निशान मिटाती हुई!

अकेली रह गई वासिलीसा ने चारों ओर नज़र दौड़ाई, सोचने लगी कि कहाँ से काम शुरू करे—तभी उसने देखा, कि सब काम पहले से हो चुके हैं; गुड़िया गेहूँ के आख़िरी दाने छाँट रही थी.

वासिलीसा ने उसे चूमकर कहा:

"मैं तुम्हारा धन्यवाद कैसे करूँ, प्रिय गुड़िया? तुमने मेरी जान बचा ली."

गुड़िया उसकी जेब में चढ़ गई और बोली:

"अब तुम्हें केवल खाना पकाना है. फिर आराम करो."

शाम ढले वासिलीसा ने मेज़ सजा दी. कुछ देर बाद काला सवार निकला और रात हो गई.

खोपड़ियों की आँखें जल उठीं; टहनियाँ टूटीं, पत्ते सरसराए—बाबा यागा वापस आ रही थी.

वासिलीसा उसे[illegible]ने बाहर गई.

"काम हो गया? ज़िम्मेदारी पूरी?" बाबा यागा ने पूछा. "स्वयं देख लीजिए, दादी," लड़की ने उत्तर दिया.

बाबा यागा ने सब कुछ परखा, हर जगह नज़र दौड़ाई, उसे शिकायत का एक कारण भी न मिला.

वह बड़बड़ाई, “ठीक है, चलो, इतना तो ठीक है...” फिर बोली:

“मेरी वफादार नौकरानियाँ, मेरे दिल की सहेलियाँ, आओ, मेरा गेहूँ पीसकर तैयार करो!”

तभी तीन जोड़ी हाथ प्रकट हुए, उन्होंने गेहूँ उठाया और आँखों से ओझल हो गए.

बाबा यागा ने रात का खाना खाया और लेट गई, कहते हुए:

“कल, आज के सारे काम के अलावा, खसखस के दानों की एक माप छाँटोगी. उनमें मिट्टी मिली हुई है; ज़रा-सी भी गंदगी न रह जाए—नहीं तो तुम्हें खा जाऊँगी!”

कुछ ही देर में वह खर्राटे भरने लगी.

वासिलीसा ने अपनी गुड़िया को खिलाया, और उसने पहले की तरह कहा:

“शान्ति से सो जाओ; सब कुछ हो जाएगा. सुबह बुद्धिमान होती है!”

अगले दिन सारा काम पलक झपकते ही हो गया; वासिलीसा निश्चिन्त होकर विश्राम करती रही. जब बाबा यागा लौटी, उसने सब कुछ देखा, हर कोने की तलाशी ली, पर शिकायत का कोई भी कारण न मिला. वह बोली:

“मेरी वफादार नौकरानियाँ, मेरे दिल की सहेलियाँ, आओ, मेरी खसखस से तेल निकालो!”

तीन जोड़ी हाथ प्रकट हुए, उन्होंने खसखस उठाया और ओझल हो गए.

बाबा यागा बैठकर खाने लगी. वासिलीसा चुपचाप उसकी सेवा करती रही, और डायन बड़बड़ाई:

"क्यों कुछ बोलती नहीं? ऐसे खड़ी हो जैसे गूँगी हो!"

"मैंने हिम्मत नहीं की, दादी! मगर अगर आप अनुमति दें, तो मैं कुछ पूछना चाहती हूँ."

"पूछो! पर याद रखना, हर सवाल पूछना अच्छा नहीं होता. बहुत कुछ जानोगी—जल्दी बूढ़ी हो जाओगी!"

"मैं आपसे वह पूछना चाहती हूँ जो मैंने रास्ते में देखा, दादी. जब मैं आपके पास आ रही थी, तो एक सफेद सवार मेरे सामने से निकला. वह कौन था?"

"वह मेरा उजला दिन है," बाबा यागा ने उत्तर दिया.

"उसके बाद मैंने लाल सवार देखा—वह कौन है?"

"वह मेरा तपता हुआ सूरज है."

"और उसके बाद मैंने काला सवार देखा—वह कौन है?" "वह मेरी काली रात है," बाबा यागा बोली. "ये तीनों मेरे वफादार सेवक हैं! क्या तुम और भी कुछ जानना चाहती हो?"

वासिलीसा ने उन तीन जोड़ी हाथों के बारे में सोच तो लिया, पर कुछ न बोली.

बाबा यागा ने कहा:

"अच्छा, और कोई सवाल नहीं?"

"मेरे लिए इतना जानना ही काफ़ी है, दादी!

आपने स्वयं कहा—बहुत कुछ जानोगे तो जल्दी बूढ़े हो जाओगे."

"ठीक," बाबा यागा ने स्वीकृति में कहा. "तुमने बाहर जो देखा, उसी के बारे में पूछा, न कि मेरे घर में क्या होता है. मैं अपना कपड़ा घर में धोती हूँ, और बहुत ज़्यादा टोह लेने वालों को खा जाती हूँ! अब मेरी बारी है पूछने की: जो काम मैं तुम्हें देती हूँ, तुम सब कैसे कर लेती हो?"

"मेरी माँ का आशीर्वाद मेरी मदद करता है, दादी."

"तो यह बात है? अच्छा, आशीर्वाद वाली लड़की, तुरंत मेरे घर से बाहर निकलो! मुझे अपने घर में आशीर्वाद वाली कोई नहीं चाहिए!"

बाबा यागा ने लड़की को बाहर धकेला, पर फाटक बंद करने से पहले, उसने जलती हुई आँखों वाला एक खोपड़ा उतारा, उसे एक डंडे पर चढ़ाया और वासिलीसा के हाथ में थमा दिया:

"यह लो आग, अपनी सौतेली माँ की बेटियों के लिए! आख़िर तुमको उसी के लिए तो मेरे पास भेजा था."

वासिलीसा जंगल के बीच भागती हुई चली, खोपड़े की आँखें उसके रास्ते को रोशन करती रहीं और केवल भोर होते ही

बुझीं. वह पूरे दिन चलती रही और शाम के समय, घर के पास पहुँचते हुए उसने सोचा:

"अब तक तो वे लोग ज़रूर आग ढूँढ़ ही चुके होंगे..."

वह खोपड़ा फेंक देना चाहती थी, मगर भीतर से आवाज़ आई:

"मुझे मत फेंको; मुझे अपनी सौतेली माँ के पास ले चलो!"

वासिलीसा ने आज्ञा मानी. घर पहुँचकर वह बहुत हैरान हुई यह देखकर कि घर में कहीं भी रोशनी नहीं है. और उससे भी ज़्यादा चकित हुई कि सौतेली माँ और उसकी बेटियाँ उसे देखकर बहुत प्रसन्न हो रहीं थीं. वे कहने लगीं कि जब से वह गई थी, वे घर में आग बचाए नहीं रख पा रहीं. जो आग वे जलातीं, वह पकती ही नहीं; जो पड़ोसियों से लातीं, वह बुझ जाती. "शायद तुम्हारी आग बेहतर रहे,"

सौतेली माँ ने कहा.

वासिलीसा खोपड़ा कमरे के भीतर ले आई.

जैसे ही वह भीतर आया, खोपड़े की जलती हुई आँखें सौतेली माँ और उसकी बेटियों पर टिक गईं—उन्हें हर जगह पीछा करती रहीं, उन्हें जैसे जलाकर खा रही थीं. वे व्यर्थ ही भागने की कोशिश करतीं, छिपने की कोशिश करतीं; पर आँखें उनका पीछा न छोड़तीं, और भोर तक उनका केवल राख ही बचा.

वासिलीसा मात्र अकेली सलामत रही.

सुबह के समय उसने उस खोपड़े को दफ़ना दिया, घर को ताला लगाया और नगर की ओर चल पड़ी, जहाँ एक बूढ़ी स्त्री ने उसके पिता के लौटने तक उसे अपने घर में शरण दी. एक दिन वासिलीसा ने उस बूढ़ी से कहा:

“मैं खाली बैठकर ऊब गई हूँ. मेरे लिए अच्छा सन खरीद दीजिए; मैं उसे कातूँगी, तो समय जल्दी कटेगा.”

बूढ़ी स्त्री सन खरीद लाई, और वासिलीसा काम में जुट गई. तकली उसकी उँगलियों में नाचती, धागा बाल से भी पतला और इस्पात से भी मज़बूत बनता गया. वह जल्दी ही कातना समाप्त कर चुकी थी और बुनने की इच्छा हुई, पर उस धागे के योग्य कोई करघा नहीं था—कोई भी इतना महीन नहीं था.

फिर उसकी गुड़िया ने उसकी सहायता की—इतना महीन करघा बना दिया कि उस पर जैसे मकड़ी के जाले भी बुने जा सकते हों!

वासिलीसा ने बुनाई शुरू की, और सर्दियों के अंत तक कपड़ा तैयार हो गया—इतना पतला और कोमल कि वह सुई की आँख से भी पार हो सकता था!

बसंत में, उन्होंने उस कपड़े को घास के मैदान पर फैला दिया, गर्म धूप और ताज़ी हवा में सफ़ेद होने के लिए. और वासिलीसा ने बूढ़ी से कहा:

“दादी, बाज़ार जाइए. यह कपड़ा बेच दीजिए और पैसे अपने पास रखिए.”

लेकिन बूढ़ी ने पुकार उठी:

"तुम यह क्या कहती हो! ऐसा माल न तो हाट में पड़ा रह सकता है, न यूँ ही बाज़ार में टहला सकता है. मैं इसे सीधे ज़ार के पास ले जाऊँगी."

वह महल के सामने जाकर खिड़कियों के नीचे बैठ गई और इधर-उधर घूमती रही, जब तक कि ज़ार ने खिड़की से झाँककर नहीं पूछा:

"अच्छी बूढ़ी, तुम वहाँ क्या कर रही हो? क्या चाहती हो?"

"मैं आपके लिए दुर्लभ माल लाई हूँ, महाराज, जिसे आपकी दृष्टि दुबारा नहीं देखेगी—अद्भुत और अपरिमेय रूप से कीमती."

ज़ार ने बूढ़ी को भीतर बुलवाया और कपड़े को देखकर चकित रह गया.

"इसके लिए क्या कीमत माँगती हो, दादी?"

"ऐसे कपड़े की कोई कीमत नहीं हो सकती, महाराज! इसे कोई खरीद नहीं सकता; यह तो केवल ज़ार के शरीर पर ही शोभा दे सकता है.

तो अगर महाराज अनुमति दें, तो मैं इसे एक विनम्र भेंट के रूप में प्रस्तुत करती हूँ."

ज़ार ने बूढ़ी का धन्यवाद किया; वह उपहारों से लदी वापस लौटी.

ज़ार ने अपने दरज़ियों को यह कपड़ा दिया कि उसके उनसे शर्टें सिलवाई जाएँ. दरज़ियों ने शर्टों की कटिंग तो कर ली, लेकिन सिलने की बात आई, तो कोई उपाय न सूझा—कोई भी दर्जी, कोई भी कारीगर इतना महीन कपड़ा हाथ में लेने की हिम्मत नहीं करता था.

ज़ार, अधीर होकर, फिर उस बूढ़ी को बुलाने को भेजा:

"जिसने ऐसा कपड़ा बुनना जाना, वह ज़रूर यह भी जानता होगा कि मेरी शर्टें कैसे सीनी हैं!"

"महाराज, यह कपड़ा मेरे हाथों से नहीं निकला," बूढ़ी स्त्री बोली. "मेरी पालित-पोषित बेटी ने यह सारा कपड़ा काता और बुना है. यह उसी का काम है, उसी की कला है."

"तो उसे ही मेरी शर्टें सिलने दो!"

जब बूढ़ी ने यह बात वासिलीसा को बताई, तो वह मुस्कुराई:

"मैंने पहले ही सोच लिया था कि यह काम मेरे हाथों के लिए ही होगा."

वह काम में जुट गई. सुई उसकी उँगलियों में उड़ने लगी; टाँका टाँके से जुड़ता गया; थोड़ी ही देर में दर्जन भर शर्टें तैयार हो गईं.

बूढ़ी ने वे शर्टें ज़ार के पास ले गई, और इस बीच, अपनी ही योजना के अनुसार, वासिलीसा ने स्नान किया, बाल सँवारे, सुंदर वस्त्र पहने और खिड़की के पास बैठ गई.

कुछ ही समय बाद, ज़ार का एक दूत आया और बूढ़ी से बोला:

"कहाँ है वह कुशल कारीगर और सिलाई करने वाली? स्वयं ज़ार उसे अपनी आँखों से देखना चाहते हैं और अपने हाथों से उसे पुरस्कृत करना चाहते हैं."

वासिलीसा महल की ओर चली. और जैसे ही वह भीतर दाख़िल हुई, जब ज़ार ने उसे देखा, तो वहीं के वहीं मोहित हो गया:

"मैं तुम्हें जाने नहीं दूँगा, मेरी सुन्दरी! तुम मेरी पत्नी बनो."

ज़ार ने वासिलीसा सुन्दरी का हाथ पकड़ा, उसे अपने पास बैठाया, और उनकी शादी जल्द ही धूमधाम से मना दी गई.

कुछ ही समय बाद, वासिलीसा के पिता भी अपने सफ़र से लौट आए; उन्होंने अपनी बेटी के सुख पर हर्ष मनाया और उसके पास ही रहने लगे. बूढ़ी स्त्री भी उनके साथ रहने लगी.

और जीवन भर, महारानी वासिलीसा अपनी गुड़िया को हमेशा अपनी जेब में लगाए रखती थी.

बाबा-यागा

एक गाँव में, एक छोटी-सी कुटिया में, एक नन्ही लड़की रहती थी, जिसकी माँ अब नहीं रही थी. उसके पिता, जो काफ़ी बूढ़े हो चुके थे, ने दूसरी शादी कर ली; लेकिन उन्होंने अच्छी औरत नहीं चुनी. नई औरत सच्ची माँ नहीं थी—वह सौतेली माँ थी. वह उस नन्ही लड़की से नफ़रत करती और उसके साथ बहुत बुरा व्यवहार करती.

वह सोचती रहती: "इससे कैसे छुटकारा पाऊँ?"

एक दिन, जब उसका पति गेहूँ बेचने बाज़ार गया हुआ था, तो उसने लड़की से कहा:

"मेरी बहन, तुम्हारी दयालु मौसी के पास जाओ, और उससे सुई और धागा माँगो, ताकि वह तुम्हारे लिए कमीज़ सिल सके."

छोटी लड़की ने अपना सुंदर लाल रूमाल सिर पर बाँधा और चल पड़ी. रास्ते में, वह समझदार बच्ची मन ही मन सोचने लगी:

"मेरी एक दयालु मौसी तो है, यह सही है, पर वह मेरी सौतेली माँ की बहन नहीं—वह मेरी असली माँ की बहन है. मैं पहले उसी के पास जाऊँगी और उससे अच्छा सलाह माँगूँगी."

उसकी मौसी ने उसे बहुत खुशी से अपनाया.

"मौसी," लड़की ने कहा, "पिता की पत्नी ने मुझे अपनी बहन के पास भेजा है, कि मैं उससे सुई और धागा माँगूँ, ताकि वह मेरे लिए कमीज़ सिल सके. लेकिन मैं पहले आपके पास सलाह लेने चली आई हूँ."

"तुमने बहुत अच्छा किया," मौसी ने कहा.

“तुम्हारी सौतेली माँ की बहन और कोई नहीं, वही बाबा-यागा है—निर्दयी राक्षसी! लेकिन ध्यान से सुनो:

बाबा-यागा के घर पर एक बर्च का पेड़ है, जो तुम्हारी आँखें पीटने की कोशिश करेगा—उसे रिबन से बाँध देना.

तुम एक बड़ा फाटक देखोगी जो चरमराएगा और खुद ही बंद होकर तुम्हें भीतर कैद करना चाहेगा—उसकी कुंडियों पर तेल डाल देना.

कुत्ते तुम्हें फाड़ खाने को दौड़ेंगे—उन्हें रोटी दे देना. और आख़िर में तुम्हें एक बिल्ली दिखेगी, जो तुम्हारी आँखें नोच लेना चाहेगी—उसे हैम का एक टुकड़ा दे देना.”

“बहुत-बहुत धन्यवाद, मौसी,” लड़की ने जवाब दिया.

वह बहुत देर तक चलती रही और आख़िरकार बाबा-यागा के घर पहुँच गई. बाबा-यागा करघे पर कपड़ा बुन रही थी.

“नमस्ते, मौसी.”

“नमस्ते, भतीजी.”

“माँ ने मुझे आपके पास भेजा है, कि मैं आपसे सुई और धागा माँगूँ, ताकि वह मेरे लिए कमीज़ सी सके.”

“अच्छा, तुम्हें सीधी सुई और सफेद धागा दूँगी. तब तक, मेरी जगह बैठ जाओ और बुनाई करो.”

छोटी लड़की करघे पर बैठ गई. वह काफ़ी खुश थी. तभी उसे सुना कि बाबा-यागा आँगन में अपनी नौकरानी से कह रही है:

"स्नानघर गरम करो और मेरी भतीजी को अच्छे से धो-धाकर तैयार करो. मैं उसे रात के खाने में खाऊँगी!"

छोटी लड़की डर के मारे काँपने लगी. उसने देखा कि नौकरानी लकड़ियाँ, सूखी टहनियाँ और पानी से भरी बाल्टियाँ लेकर भीतर आ रही है. तब उसने अपने को सँभाला और कोमल, हँसमुख आवाज़ में बोली:

"अरे भली औरत, ज़रा कम लकड़ी चिरो, और पानी लाने के लिए बाल्टी की जगह छननी का इस्तेमाल करो!"

और उसने अपना लाल रूमाल नौकरानी को दे दिया.

लड़की ने चारों ओर नज़र दौड़ाई. चूल्हे में आग तेज़ी से भड़कने लगी. वह राक्षसी का चूल्हा तो था, पर उसकी ज्वाला साफ़ और उजली थी.

और कड़ाह में पानी गाने लगा; वह राक्षसी का पानी था, पर उसका गीत बड़ा मधुर था.

लेकिन बाबा-यागा अधीर हो रही थी. उसने आँगन से पुकारा:

"बुन रही हो, भतीजी? बुन रही हो, प्यारी?"

"हाँ, मौसी, बुन रही हूँ, बुन रही हूँ," लड़की ने उत्तर दिया.

चुपके से छोटी लड़की उठी, दरवाज़े की ओर बढ़ी... मगर वहाँ बिल्ली बैठी थी—दुबली, काली, डरावनी! उसकी हरी आँखें लड़की की नीली आँखों पर गड़ी थीं. वह अपने नुकीले नाखून बाहर निकाल रही थी, ताकि उसकी आँखें नोच ले.

लेकिन लड़की ने उसे कच्चे हैम का टुकड़ा दिया और धीरे से बोली:

“कृपया बताइए, मैं बाबा-यागा से कैसे बच सकती हूँ?”

बिल्ली ने पहले सारा हैम खा लिया, फिर अपनी मूँछें सँवारी और बोली:

“यह कंघी और यह तौलिया ले लो और भाग जाओ. बाबा-यागा तुम्हारा पीछा करेगी. ज़मीन से कान लगाकर उसका आना सुनना. जब तुम्हें लगे कि वह पास आ रही है, तौलिया फेंक देना—और फिर देखना क्या होता है! अगर वह फिर भी तुम्हारे पीछे आए, तो ज़मीन पर दोबारा कान लगाना; जब उसके आने की आहट सुनो, कंघी फेंक देना—और फिर देखना!”

छोटी लड़की ने बिल्ली का धन्यवाद किया, तौलिया और कंघी ली—और भाग निकली.

जैसे ही वह घर से बाहर निकली, उसने देखा दो कुत्ते—बिल्ली से भी ज़्यादा दुबले—उसे फाड़ खाने को तैयार खड़े हैं. उसने उन्हें नरम रोटी फेंकी, और उन्होंने उसे ज़रा भी नुकसान नहीं पहुँचाया. आगे, बड़ा फाटक चरमराया और बंद होकर उसे भीतर ही कैद रखना चाहने लगा; मगर चतुर लड़की ने उसकी कुंडियों पर पूरे तेल की शीशी उड़ेल दी—फाटक चौड़े होकर खुल गया और उसे आसानी से निकलने दिया.

रास्ते में, बर्च का पेड़ सीटी बजाता, झूमता, उसकी आँखों को कोड़े की तरह मारने के लिए झुकने लगा; लेकिन उसने उस

पर लाल रिबन बाँध दिया, और बर्च ने उसे शुक्रिया कहा और रास्ता दिखाया. वह दौड़ती रही, दौड़ती रही, दौड़ती रही.

उधर, बिल्ली ने खुद करघे पर बैठकर बुनाई शुरू कर दी. आँगन से बाबा-यागा ने फिर पुकारा:

"बुन रही हो, भतीजी? बुन रही हो, प्यारी?"

"बुन रही हूँ, बूढ़ी मौसी, बुन रही हूँ," बिल्ली ने भारी, खरखराती आवाज़ में उत्तर दिया.

बाबा-यागा गुस्से से तड़प उठी और घर में घुसी. वहाँ कोई लड़की नहीं! उसने बिल्ली को पीटना शुरू किया और चिल्लाई:

"तूने उसकी आँखें क्यों नहीं नोचीं, मक्कार!"

"वाह!" बिल्ली बोली. "मैंने तुम्हारी इतने लंबे समय तक सेवा की, और तुमने कभी मेरे लिए ज़रा-सी हड्डी भी नहीं फेंकी, जबकि उसने मुझे हैम का टुकड़ा दिया!" बाबा-यागा ने कुत्तों को पीटा.

"वाह!" कुत्ते बोले. "हमने तुम्हारी इतने समय से सेवा की है, और क्या तुमने कभी हमें पुरानी सूखी रोटी का टुकड़ा भी फेंका? जबकि उसने हमें नरम रोटी दी!" बाबा-यागा ने फाटक हिलाया.

"वाह!" फाटक बोला. "मैंने तुम्हारी इतने समय तक सेवा की, और तुमने कभी मेरी कुंडियों पर एक बूँद तेल भी नहीं डाला, जबकि उसने तो पूरा शीशी भर तेल उँडेल दिया!"

बाबा-यागा बर्च पर बरस पड़ी.

"वाह!" बर्च बोला. "मैंने तुम्हारी इतने समय तक सेवा की, पर तुमने कभी मुझ पर एक धागा तक नहीं बाँधा, जबकि उसने मुझे सुंदर रेशमी रिबन से सजाया!"

"और मैं भी," नौकरानी बोली, "हालाँकि मैंने तुमसे कभी कुछ नहीं माँगा, और इतने समय से तुम्हारी सेवा कर रही हूँ, फिर भी तुमने मुझे कभी एक पुराना कपड़ा तक नहीं दिया, जबकि उसने मुझे सुंदर लाल रूमाल दिया!"

तब बाबा-यागा ओखली में कूद गई, मूसल से उसे चलाने लगी, और झाड़ू से अपने निशान को मिटाती हुई तेज़ी से मैदानों के पार निकल गई. छोटी लड़की ने ज़मीन पर कान लगाया: उसे बाबा-यागा के आने की आहट सुनाई दी. उसने तौलिया फेंक दिया—और तौलिया एक चौड़ी नदी बन गया!

बाबा-यागा को वहीं रुकना पड़ा. उसने दाँत पीसे, पीली आँखें घुमाईं, घर वापस भागी, अपने तीन बैल निकाले और उन्हें नदी के किनारे ले गई; बैलों ने आख़िरी बूँद तक सारा पानी पी लिया, और बाबा-यागा ने फिर से पीछा शुरू किया. इस बीच छोटी लड़की बहुत आगे निकल चुकी थी. उसने फिर ज़मीन पर कान लगाया; उसे रास्ते पर मूसल की ठक-ठक सुनाई दी. उसने कंघी फेंक दी—और कंघी एक घने जंगल में बदल गई!

बाबा-यागा ने कोशिश की भीतर घुसने की, पेड़ों को दाँतों से चबाने की... पर असंभव!

छोटी लड़की ने फिर सुना—अब कुछ भी नहीं. बस हवा की आवाज़, जो हरे-भरे और काले देवदार के पेड़ों से होकर गुजर रही थी. फिर भी वह तेज़ दौड़ती रही, क्योंकि रात गिर रही थी, और वह सोच रही थी: "पिता तो अब समझते होंगे कि मैं खो गई हूँ."

बूढ़ा किसान बाज़ार से लौट आया था. उसने अपनी पत्नी से पूछा: "छोटी कहाँ है?"

"कौन जाने!" सौतेली माँ ने उत्तर दिया. "मैंने उसे अपनी मौसी के यहाँ काम से भेजा है, तीन घंटे हो गए."

आख़िरकार लड़की, भागते-भागते और भी गुलाबी गालों के साथ, अपने पिता के पास पहुँची.

वह पूछने लगा: "कहाँ से आई हो, मेरी बच्ची?"

"अरे, पिता," उसने कहा, "माँ ने मुझे मौसी के पास सुई और धागा माँगने भेजा था, ताकि वह मेरे लिए कमीज़ सिल सके; पर मौसी—सोचिए!—बाबा-यागा निकली, कठोर राक्षसी!" और उसने सारी कहानी सुना दी. बूढ़ा आदमी बहुत क्रोधित हुआ. उसने अपनी शिकार वाली बंदूक उठाई—और सौतेली माँ को मार डाला.

उस दिन से, छोटी लड़की और उसका पिता चैन से रहने लगे. मैं उसी गाँव से होकर गुज़रा; उन्होंने मुझे अपने घर बुलाया, भोजन बहुत अच्छा था, और सब लोग खुश थे.

मेढक राजकुमारी

एक समय की बात है, किसी दूर देश में एक ज़ार रहता था, जिसके तीन बेटे थे. एक दिन ज़ार ने अपने बेटों को बुलाया और यूँ बोला:

“मेरे बेटों, मेरे तेज़ उड़ने वाले बाज़ो, अब समय आ गया है कि तुम विवाह कर लो. मैं तुम्हारे बच्चों—अपने पोतों—को देखना चाहता हूँ.

अपने-अपने धनुष लो, तीन अलग दिशाओं में खड़े हो जाओ और एक-एक तीर चलाओ. जहाँ तीर गिरेगा, वहीं से तुम्हारी होने वाली पत्नी मिलेगी.”

सबसे बड़े बेटे का तीर एक धनवान आदमी के लकड़ी के बालकनी में जा धँसा, सीधे एक बोयार (रईस) की बेटी के कमरे के सामने. बीच वाले बेटे का तीर एक समृद्ध व्यापारी के घर के सामने गिरा, ठीक उसी समय जब वह व्यापारी की बेटी सीढ़ियाँ उतरने ही वाली थी.

लेकिन सबसे छोटे बेटे, इवान-त्सारेविच, ने देखा कि उसका तीर तो एक दलदल की कीचड़ में जाकर धँस गया, जहाँ एक मेढक ने उसे मुँह से पकड़ लिया.

इवान-त्सारेविच ने कहा:

“मेढक, मेढक, मेरा तीर वापस दे दो.”

मेढक ने उत्तर दिया:

“मुझसे विवाह करो!”

“तुम चाहती हो कि मैं एक मेढक से शादी करूँ? लोग मेरा मज़ाक उड़ाएँगे!”

“तुम्हें करना ही होगा, इवान-त्सारेविच. यही तुम्हारी किस्मत है.”

कुछ नहीं किया जा सकता था. इवान-त्सारेविच ने उस छोटी-सी प्राणी को रूमाल में लपेटा और उदास मन से राज-महल ले आया.

तीनों की शादियाँ एक ही दिन हो गईं, और अगले ही सुबह ज़ार ने अपने बेटों को बुलाया:

“तो बेटों, अब तुम सब शादीशुदा हो गए हो.

अब मैं देखना चाहता हूँ कि तुम्हारी पत्नियाँ क्या कर सकती हैं. कल सुबह हर एक अपनी-अपनी पत्नी के हाथों से सिली हुई एक कमीज़ मेरे लिए लाए.”

इवान-त्सारेविच सिर झुकाए घर लौटा.

“क्या हुआ, इवान-त्सारेविच? कौन-सा दुःख तुम्हें खा रहा है?” मेढक ने पूछा.

“ज़ार, मेरे पिता, चाहते हैं कि मैं कल सुबह उनके लिए तुम्हारे हाथों से सिली हुई कमीज़ ले जाऊँ.”

“हताश मत हो, इवान-त्सारेविच. सो जाओ—रात अपना परामर्श साथ लाती है.”

इवान-त्सारेविच अभी सो ही रहा था कि मेढक ने अपनी हरी चमड़ी उतार फेंकी और वासिलीसा बुद्धिमती में बदल गई— एक ऐसी सुन्दरी, जैसी केवल कथाओं में मिलती है.

वासिलीसा बुद्धिमती बरामदे पर आयी, उसने ताली बजाई और पुकारा:

"मेरी सहेलियो, मेरी धायो, जल्दी करो! मेरे लिए एक बढ़िया, सुंदर कमीज़ सिल दो!"

सुबह इवान-त्सारेविच ने मेज़ पर एक कमीज़ देखी, कढ़ाईदार तौलिये में लिपटी हुई. वह खुशी से नाच उठा और कमीज़ लेकर अपने पिता के पास दौड़ा.

दोनों बड़े बेटे भी आए. ज़ार ने बड़े बेटे की कमीज़ हाथ में लेकर कहा:

"यह तो किसी किसान के लिए ही ठीक है!"

और उसे नौकरों के लिए भेज दिया. मँझले बेटे की कमीज़ का भी वही हश्र हुआ.

फिर बारी आई इवान-त्सारेविच की. उसने सोने-चाँदी की कढ़ाई वाली कमीज़ पेश की, जो अद्भुत डिज़ाइनों से सजी हुई थी. ज़ार ने कहा:

"ऐसी कमीज़ तो केवल बड़े मंगल-उत्सवों पर पहनी जानी चाहिए!"

फिर बोला:

“कल सुबह हर एक अपनी पत्नी के हाथ की बनाई हुई अच्छी सफेद रोटी लेकर आए.”

इवान-त्सारेविच सिर झुकाए घर लौटा.

“क्या हुआ, इवान-त्सारेविच? कौन-सा दुख तुम्हें कुतर रहा है?”

“पिता चाहते हैं कि मैं कल सुबह उनके लिए तुम्हारे हाथों से बानी हुई रोटी ले जाऊँ.”

“हताश मत हो, इवान-त्सारेविच. सो जाओ—रात अपना परामर्श साथ लाती है.”

इवान-त्सारेविच जैसे ही सोया, मेढक फिर वासिलीसा बुद्धिमती में बदल गई. वह बरामदे पर आई, ताली बजाई और पुकारा:

“मेरी सहेलियो, मेरी धायो, जल्दी करो! कल सुबह तक के लिए मेरे लिए एक नर्म, सफेद रोटी बेक करो, जैसी मैं अपने पिता के घर खाया करती थी!”

सुबह इवान-त्सारेविच ने मेज़ पर सुनहरी-सफेद रोटी देखी, जिस पर बुर्ज और मकानों की आकृतियाँ बनी हुई थीं और सुंदर कढ़ाई जैसी सजावट थी.

इवान-त्सारेविच ने खुशी के मारे उसे सोने की थाली पर रखा और अपने पिता के पास ले गया.

दोनों बड़े बेटे भी आए, लेकिन इस बार घमंड करने लायक कुछ नहीं था: बोयार की बेटी की रोटी जली हुई थी, और

व्यापारी की बेटी की रोटी एक ओर से कच्ची, दूसरी ओर से जली हुई. ज़ार ने बड़े बेटे की रोटी कुत्तों को फेंक दी; मँझले बेटे की रोटी का भी यही हाल हुआ.

फिर बारी आई इवान-त्सारेविच की. ज़ार ने कहा:

"ऐसी रोटियाँ तो बड़े राजाओं के भोज के लिए बचाकर रखी जानी चाहिए!"

और उसने उसी रोटी को राज-भोज में परोसने का आदेश दिया. फिर बोला:

"अब मैं देखना चाहता हूँ कि मेरी बहुओं में कौन सबसे अच्छा नृत्य करती है."

ज़ार ने तीनों बेटों और उनकी पत्नियों को राजभवन में एक भव्य भोज पर बुलाया, जिसमें सारे दरबारी मौजूद थे. इवान-त्सारेविच घर लौटा, चेहरा मुरझाया, सिर झुका हुआ.

टर-टर करती मेढक ने पूछा:

"क्या हुआ, इवान-त्सारेविच? कौन-सा दुख तुम्हारे दिल पर बोझ बना है?"

"पिता चाहते हैं कि मैं तुम्हें कल राज-भोज में साथ ले जाऊँ. मैं तुम्हें लोगों को कैसे दिखाऊँ?"

"हताश मत हो," मेढक बोली, "तुम अकेले भोज पर जाओ; मैं बाद में आ जाऊँगी. अगर तुम ज़ोर का धमाका और गर्जना

सुनो, तो डरना मत. ज़ार से कहना कि यह तुम्हारी डबकती मेढक है, जो अपने डिब्बे में सवार होकर आ रही है."

इवान-त्सारेविच ने वैसा ही किया. भोज-हाल में उसने देखा कि उसके दोनों भाई अपनी शानदार कपड़े पहनी, गहनों से लदी पत्नियों के साथ इतराते फिर रहे हैं. उन्हें भाई पर तंज कसने का एक भी मौक़ा नहीं चूकता:

"तो, तुम अकेले ही आ गए? अपनी मेढक को रूमाल में लपेटकर क्यों नहीं लाए? कहाँ से ऐसा रूपवान दुल्हन ढूँढ़ लाए? लगता है हर दलदल की खाक छान ली होगी!"

अचानक ज़बरदस्त शोर हुआ और गरज ने महल को हिला दिया; मेहमान घबरा गए. इवान-त्सारेविच बोला:

"डरिए मत! यह मेरी डबकती मेढक है, जो अपने डिब्बे में आ रही है."

सब लोग खिड़कियों की ओर दौड़े और देखा—सोने की गाड़ी आ रही है, जिसे सफेद, उछलते-कूदते घोड़े खींच रहे हैं, और साथ में कीमती वर्दी पहने नौकर चले आ रहे हैं.

जब वह गाड़ी सीढ़ियों के सामने रुकी, तो उसमें से वासिलीसा बुद्धिमती उतरी—आसमानी नीले रंग के गाउन में, जिस पर तारों की कढ़ाई थी; सिर पर चाँद के आकार का मुकुट—इतनी सुंदर कि न कहा जा सके, न वर्णन किया जा सके! उसने इवान-त्सारेविच का हाथ पकड़ा और उसे सजे-धजे मेज़ों की ओर ले गई, जो तरह-तरह के स्वादिष्ट व्यंजनों से भरे थे.

मेहमानों ने भोज का पूरा मान किया. सब खाते-पीते, हँसते-बोलते रहे. वासिलीसा बुद्धिमती शराब पीती और बची हुई बूँदें अपने दाहिने बाजू की आस्तीन में उड़ेल देती; वह भुना हुआ हंस खाती और उसकी हड्डियाँ अपने बाएँ बाजू की आस्तीन में डालती.

उसकी दोनों भाभियाँ उसकी नकल करने को उतावली हो उठीं.

जब ज़ार तृप्त हो गया, उसने संकेत किया कि अब नृत्य शुरू हों. जैसे ही इवान-त्सारेविच ने वासिलीसा को घुमाना शुरू किया, उसने अपनी आस्तीनें झटकीं—बाएँ बाजू से एक साफ़, चमकीली झील बह निकली, और दाहिने बाजू से सफेद हंस निकलकर झील पर उतर आए, जो बड़ी सुन्दरता से तैरने लगे. जब वासिलीसा ने नाचना बंद किया, तो झील और हंस—दोनों गायब हो गए.

उसकी भाभियाँ भी नकल करने के लिए उतावली हो गईं. उन्होंने अपनी बाईं आस्तीन झटकी—और मेहमानों पर हर तरफ़ शराब के छींटे उड़ गए. जब उन्होंने दाहिनी आस्तीन खाली की, तो एक हड्डी निकलकर लगभग ज़ार की आँख फोड़ ही देती. ज़ार क्रोध से भर उठा और उन्हें तुरंत सभा से बाहर निकलवा दिया.

शाम ढलने लगी. इवान-त्सारेविच ने मौका देखकर, जब कोई उसकी ओर ध्यान नहीं दे रहा था, महल से धीरे-से खिसक

लिया. वह दौड़ता हुआ घर पहुँचा, वासिलीसा की मेढक-चमड़ी उठाई और उसे आग में झोंक दिया.

जब वासिलीसा बुद्धिमती वापस आई, तो उसने अपनी मेढक-चमड़ी ढूँढ़ी, पर चूल्हे में केवल राख मिली. उसने इवान-त्सारेविच से कहा:

"इवान-त्सारेविच, तुमने यह क्या किया? तुम्हें बस तीन दिन और इंतज़ार करना था—फिर मैं हमेशा के लिए तुम्हारी हो जाती. अब मुझे तुमसे दूर जाना होगा, और तुम्हें मुझे उनतीस देशों से परे, तीसरे राज्य में खोजना होगा—कोश्चेई अमर के पास."

इतना कहकर वह एक धूसर कोयल में बदल गई और खिड़की से उड़ गई.

इवान-त्सारेविच निराशा में डूब गया. उसने तैयारी की, अपना धनुष-बाण लिया और अपनी पत्नी की तलाश में निकल पड़ा.

कितने समय तक चला, कौन जाने—घंटों, दिनों या महीनों तक. चलते-चलते उसे एक सफेद दाढ़ी वाला बूढ़ा मिला.

"नमस्ते, दादा," इवान-त्सारेविच ने कहा.

"नमस्ते, वीर युवक. क्या ढूँढ़ते हो, कहाँ जा रहे हो?"

इवान-त्सारेविच ने अपना सारा दुःख सुना दिया.

"अच्छा नहीं किया तुमने," बूढ़े ने डाँटा, "जो तुमने वह मेढक-चमड़ी जला दी. तुमने वह चमड़ी उस पर नहीं डाली थी,

इसलिए उसे उतारना तुम्हारा काम नहीं था. वासिलीसा बुद्धिमती ने अपने पिता, कोश्चेई अमर को मात दे दी थी, और उसने उसे तीन साल तक दलदल में मेढक की तरह टर-टर करने की सज़ा दी थी. खैर, जो हो गया सो हो गया; रोने से कुछ नहीं होगा. लो, यह जादुई गेंद ले लो—यह जिस दिशा में लुढ़केगी, उसी दिशा में तुम्हें चलना होगा."

इवान-त्सारेविच उस गेंद के पीछे-पीछे चल पड़ा. एक मोड़ पर अचानक उसे एक भालू दिखाई दिया. उसने धनुष उठाया, तीर चढ़ाया, लेकिन भालू बोल पड़ा:

"मुझे छोड़ दो, इवान-त्सारेविच; शायद किसी दिन मैं तुम्हारे काम आ सकूँ."

इवान-त्सारेविच ने भालू की जान बख़्श दी और आगे चल पड़ा. रास्ते में उसे एक बत्तख मिली, फिर एक ख़रगोश, और उसने उनकी भी जान बख़्श दी.

जंगल के किनारे उसने एक छोटी-सी झोंपड़ी देखी, जो मुर्गी के दो पैरों पर खड़ी घूम रही थी. वहीं एक दुबली, सूखी डायन रहती थी—बाबा-यागा.

इवान-त्सारेविच ने कहा:

"छोटी कुटिया, छोटी कुटिया, जिस तरह तेरी माँ ने तुझे बनाया था, वैसे ही खड़ी हो जा—अपना सामने वाला भाग मेरी ओर कर, और पीठ जंगल की ओर!"

कुटिया घूमते-घूमते उसकी ओर मुँह करके रुक गई. इवान-त्सारेविच अंदर गया और देखा कि ईंटों के चूल्हे पर बाबा-यागा पड़ी है—बूढ़ी डायन, हड्डियों भरी टाँगें, टेढ़ी नाक.

वह बोली:

"क्या बात है, इवान-त्सारेविच, यहाँ कैसे आ पहुँचे?"

इवान-त्सारेविच ने साफ़-साफ़ कहा:

"पहले सवाल पूछने से अच्छा होता कि तुम मुझे खाना खिलाती, पानी पिलाती और स्नान की तैयारी करवाती."

उस दिन बाबा-यागा का मूड अच्छा था, उसने बिना विरोध किए उसकी बात मान ली. इवान-त्सारेविच ने पेट भर खाया, नहाया-धोया, फिर अपनी पूरी कथा सुनाई. डायन सब जानती थी.

"तुम्हारी पत्नी अब कोश्चेई अमर की शक्ति में है. उसे हराना लगभग नामुमकिन है. बस इतना बता सकती हूँ कि उसकी मौत एक सुई की नोक में छिपी है; वह सुई एक अंडे के अंदर है, अंडा एक बत्तख की चोंच में, बत्तख एक ख़रगोश के पेट में, और वह ख़रगोश एक संदूक में, जो एक विशाल बलूत के पेड़ के ऊपर रखा है."

और बाबा-यागा ने यह भी बता दिया कि वह बलूत का पेड़ कहाँ है.

इवान-त्सारेविच वहाँ पहुँचा. उसने गर्दन उठाकर देखा, संदूक ऊपर था लेकिन उसकी पहुँच से बाहर. तभी वह भालू आ

पहुँचा, जिसकी जान उसने बख़्शी थी. आभारी भालू ने अपनी ताकतवर पंजों से उस बलूत को जड़ से उखाड़ फेंका. संदूक गिरकर फट गया.

उसमें से ख़रगोश निकल भागा, लेकिन उसे तुरंत उसी ख़रगोश ने पीछा करके पकड़ लिया, जिसकी जान इवान-त्सारेविच ने छोड़ी थी. उसने दूसरे ख़रगोश का पेट चीर डाला—उसमें से बत्तख उड़ निकली.

तभी, जिसकी जान उसने पहले छोड़ी थी, वह बत्तख भी आ गई; उसने दूसरी बत्तख पर झपटा मारा, और बत्तख ने अंडा गिरा दिया.

इवान-त्सारेविच ने दौड़कर अंडा पकड़ लिया.

उसी समय कोश्चेई अमर भी आ पहुँचा. लेकिन इवान-त्सारेविच ने उसे अंडा दिखाया और उसे एक हाथ से दूसरे हाथ में उछालने लगा. हर बार जब अंडा हाथ बदलता, कोश्चेई हवा में उछल जाता और इधर-उधर पटक दिया जाता.

अन्त में इवान-त्सारेविच ने अंडा तोड़ दिया और सुई तोड़ दी.

बस, वहीं कोश्चेई अमर का अंत हो गया. जादू टूट गया. इवान-त्सारेविच वासिलीसा बुद्धिमती को लेकर राज-महल लौट आया—और वे दोनों जीवन-भर सुख से रहने लगे.

भेड़िया और बकरी

एक समय की बात है, एक बकरी ने जंगल में एक छोटी-सी झोपड़ी बनाई और कुछ नन्हे बच्चे जन्म दिए. वह अक्सर जंगल में चारा खोजने जाती थी. जैसे ही वह बाहर जाती, बच्चे दरवाज़ा बंद कर अंदर छिपकर बैठ जाते. जब वह लौटती, तो दरवाज़े पर दस्तक देकर गाती:

"मेरे नन्हे बच्चों, मेरे प्यारे लालो!
खोलो, खोलो जल्दी से!
मैं, तुम्हारी बकरी, जंगल गई थी;
रेशमी घास चर आई,
मीठा पानी पी आई.
दूध मेरा धारा-धारा बहता,
मेरे खुर भिगोता,
धरती में समा जाता!"

बच्चे दौड़कर दरवाज़ा खोलते. बकरी उन्हें दूध पिलाती और फिर चारा खोजने जंगल चली जाती. बच्चे फिर से अंदर से दरवाज़ा कसकर बंद कर लेते.

एक भेड़िया, जो यह सब सुन रहा था, बकरी के जाते ही झोपड़ी के पास आया और गरजती, भारी आवाज़ में बोला:

"छोटे बच्चों, प्यारे बच्चों, दरवाज़ा खोलो!
तुम्हारी माँ आई है—दूध से भरी हुई,
पैरों में पानी लिए हुए!"

बच्चों ने जवाब दिया:

"नहीं, नहीं! यह हमारी माँ की आवाज़ नहीं है!

उनकी आवाज़ साफ़ होती है, और उनके शब्द अलग होते हैं."

भेड़िया चुपके से लौट गया और छिपकर बैठ गया.

जब बकरी वापस आई, तो उसने फिर से गाया:

"मेरे नन्हे बच्चों, मेरे प्यारे लालो!
खोलो, खोलो जल्दी से!
मैं, तुम्हारी बकरी, जंगल गई थी;
रेशमी घास चर आई,
मीठा पानी पी आई.
दूध मेरा धारा-धारा बहता,
मेरे खुर भिगोता,
धरती में समा जाता!"

बच्चों ने दरवाज़ा खोला और उसे बताया कि बुरा भेड़िया उन्हें खाने आया था.

बकरी ने उन्हें दूध पिलाया और जाते-जाते चेतावनी दी:

"कभी भी दरवाज़ा ऐसे किसी को मत खोलना जिसकी आवाज़ भारी हो और जो मेरे बोल बिल्कुल न दोहराए!"

वह अभी दूर भी नहीं पहुँची थी कि भेड़िया झपटता हुआ आया, दस्तक दी, और पतली, बनावटी आवाज़ में बोला:

"मेरे नन्हे बच्चों, मेरे प्यारे लालो!
खोलो, खोलो जल्दी से!
मैं, तुम्हारी बकरी, जंगल गई थी;

रेशमी घास चर आई,
मीठा पानी पी आई.
दूध मेरा धारा-धारा बहता,
मेरे खुर भिगोता,
धरती में समा जाता!"

बच्चों ने दरवाज़ा खोल दिया. भेड़िया अंदर कूद पड़ा और सभी को खा गया— बस एक को छोड़कर, जो ओवन में छिप गया था.

जब बकरी लौटी और उसने गीत गाया, कोई उत्तर नहीं मिला. वह पास आई, अधखुले दरवाज़े को धक्का दिया—अंदर झोपड़ी खाली थी. ओवन में झाँका तो बस एक ही बच्चा मिला.

अपनी विपत्ति जानकर वह बेंच पर गिर पड़ी और रोते हुए बोली:

"हाय मेरे नन्हे बच्चों, मेरे प्यारे लालो!
क्यों, क्यों तुमने उस दुष्ट भेड़िये को दरवाज़ा खोल दिया?
उसने तुम्हें खा लिया,
मुझे अकेला छोड़ दिया दुख में डूबते हुए!"

यह सुनकर भेड़िया झोपड़ी में आया और बोला:

"अरे पड़ोसन, पड़ोसन!

क्या कह रही हो तुम?

मुझे क्यों दोष देती हो?

चलो, जंगल में थोड़ा घूम आएँ."

"नहीं, दोस्त, मेरा मन नहीं है," बकरी बोली.

"चलो न!" भेड़िया ज़ोर देकर बोला.

दोनों जंगल में गए और एक गड्ढे तक पहुँचे, जहाँ डाकुओं की आग की लाल-लाल अंगारियाँ अब भी चमक रही थीं.

बकरी ने कहा:

"क्यों न हम दोनों इस गड्ढे पर छलाँग लगाएँ, दोस्त?"

दोनों ने छलाँग लगाई.

भेड़िया कूदते ही सुलगते अंगारों में गिर पड़ा.

उसका पेट फट गया— और सारे बच्चे बाहर कूद पड़े, उछलते हुए अपनी माँ के पास.

उस दिन से वे सभी सुखी रहे, बुद्धिमान बने, और कभी किसी मुसीबत के धोखे में न आए.

कोलोबोक

एक समय की बात है, एक बूढ़ा आदमी और एक बूढ़ी औरत रहते थे.

एक दिन बूढ़े ने कहा:

"अरी बुढ़िया, मुझे *कोलोबोक* बना दो!"

"लेकिन मैं उसे बनाऊँ किससे? हमारे पास आटा ही नहीं है."

"अरे बूढ़ी! जरा कोठरी में जाओ, खरोंचो–झाड़ो, जो बचे-खुचे दाने हों इकट्ठे कर लो."

बूढ़ी औरत ने मुर्गी का पंख लिया, कोठरी को खुरचा, बुहारा, और दो मुट्ठी आटा इकट्ठा कर लिया.

उसने खट्टे क्रीम से आटा गूंथा, तेल में कोलोबोक तला, और उसे खिड़की पर ठंडा होने रख दिया.

कोलोबोक थोड़ी देर बैठा रहा...

फिर लुढ़कना शुरू कर दिया:

खिड़की से बेंच पर, बेंच से फ़र्श पर, फ़र्श से दरवाज़े पर, दरवाज़ा पार कर दालान में, दालान से बरामदे में, बरामदे से आँगन में, आँगन से फाटक पार— और आगे, बहुत आगे रास्ते पर. लुढ़कते–लुढ़कते वह एक ख़रगोश से मिला.

"कोलोबोक, कोलोबोक! मैं तुम्हें खा जाऊँगा!"

"मुझे मत खाओ, लम्बे-कानों वाले खरगोश! मैं तुम्हें एक गीत सुनाता हूँ,"

कोलोबोक बोला, और गाने लगा:

"मैं हूँ कोलोबोक, कोलोबोक,
खुरचा–बुहारा आटा,
खट्टी क्रीम से गूंथा,
तेल में तला-पकाया,
खिड़की पर बैठ ठंडाया.
बूढ़े से बच आया,
बूढ़ी से बच आया,
और तुमसे, खरगोश,
बचना तो बड़ा आसान!"

और कोलोबोक पलक झपकते ही आगे लुढ़क गया.

लुढ़कते–लुढ़कते वह एक भेड़िये से मिला.

"कोलोबोक, कोलोबोक! मैं तुम्हें खा जाऊँगा!"

"मुझे मत खाओ, धूसर भेड़िये! मैं तुम्हें एक गीत सुनाता हूँ,"

कोलोबोक बोला, और वही गीत गाया:

"मैं हूँ कोलोबोक, कोलोबोक,
खुरचा–बुहारा आटा,
खट्टी क्रीम से गूंथा,
तेल में तला-पकाया,
खिड़की पर बैठ ठंडाया.
बूढ़े से बच आया,
बूढ़ी से बच आया,

खरगोश से बच आया,
और तुमसे, भेड़िये,
बचना तो बड़ा आसान।"

और वह फिर हवा की तरह आगे लुढ़क गया.

लुढ़कते–लुढ़कते वह एक रीछ से मिला.

"कोलोबोक, कोलोबोक! मैं तुम्हें खा जाऊँगा!"

"छी, रीछ! तुम मुझे क्या खाओगे!"

और वह फिर गाने लगा:

"मैं हूँ कोलोबोक, कोलोबोक,
खुरचा–बुहारा आटा,
खट्टी क्रीम से गूंथा,
तेल में तला-पकाया,
खिड़की पर बैठ ठंडाया.
बूढ़े से बच आया,
बूढ़ी से बच आया,
खरगोश से बच आया,
भेड़िये से बच आया,
और तुमसे, रीछ,
बचना तो बहुत आसान!"

और कोलोबोक फुर्र से आगे लुढ़कता रहा.

कुछ देर बाद वह एक लोमड़ी से मिला.

“नमस्ते, कोलोबोक! कितने सुंदर हो तुम!”

लोमड़ी ने कहा.

कोलोबोक ने शान से गीत गाया:

“मैं हूँ कोलोबोक, कोलोबोक,
खुरचा–बुहारा आटा,
खट्टी क्रीम से गूंथा,
तेल में तला-पकाया,
खिड़की पर बैठ ठंडाया.
बूढ़े से बच आया,
बूढ़ी से बच आया,
खरगोश से बच आया,
भेड़िये से बच आया,
रीछ से बच आया,
और तुमसे, लोमड़ी,
बचना तो सबसे आसान!”

“क्या प्यारा गीत है!” लोमड़ी बोली.

“लेकिन कोलोबोक, मैं बूढ़ी हूँ और कान कम सुनते हैं.

ज़रा मेरी नाक पर बैठकर यह गीत दोबारा गाओ.”

कोलोबोक कूदकर लोमड़ी की नाक पर बैठ गया और फिर वही गीत गाया.

“धन्यवाद, कोलोबोक! गीत तो बहुत सुन्दर है.

ज़रा एक बार और गा दो—मेरी जीभ पर बैठकर," लोमड़ी ने अपनी जीभ बाहर निकालते हुए कहा.

कोलोबोक कूदकर उसकी जीभ पर बैठ गया—

और लोमड़ी ने—**चटाक!**—एक झटके में उसे खा लिया.

मूर्ख इवान

एक समय की बात है, एक बूढ़ा आदमी और एक बूढ़ी औरत थे, जिनके तीन बेटे थे.

दो तो समझदार थे, लेकिन तीसरा—इवान—बिलकुल मूर्ख.

दो बड़े बेटे घास के मैदानों में भेड़ें चराते थे, जबकि मूर्ख इवान चूल्हे पर लेटा कौवों को ताकता और उबासियाँ लेता रहता था.

एक दिन बूढ़ी औरत ने राई के पकौड़े बनाए और मूर्ख से कहा:

"जाओ, अपने भाइयों के लिए खाना ले जाओ."

उसने पकौड़ों से भरी हांडी उसके हाथ में दी.

इवान थका-थका गाँव से बाहर निकला. दिन धूप भरा था. जमीन पर पड़ती अपनी परछाई देखकर वह सोचने लगा:

"यह कौन आदमी है, जो हर जगह मेरा पीछा करता है? ज़रूर यह भी पकौड़े माँगता होगा!"

तो उसने एक-एक करके सारे पकौड़े परछाई पर फेंक दिए.

पर परछाई तो वहीं की वहीं रही.

"कैसा पेटू है!" मूर्ख चिल्लाया—और ग़ुस्से में पूरी हांडी ही फेंक दी; हांडी टूट गई.

वह खाली हाथ भाइयों के पास पहुँचा.

उन्होंने पूछा:

"क्यों आए हो, मूर्ख?"

"तुम्हारे लिए खाना लाया था."

"अच्छा? तो दो!"

"लेकिन भाइयो, एक पराया आदमी चिपक गया था, उसी ने सब खा लिया!"

"कौन?"

"वही! देखो—अभी भी मेरे पीछे खड़ा है!"

भाइयों ने उसे डाँटा, मारा, और कहा:

"अब तू हमारी जगह भेड़ें चराना. हम घर जाकर खाना खाते हैं."

मूर्ख ने देखा कि भेड़ें मैदान में इधर-उधर फैल गई हैं.

वह उन्हें पकड़ने दौड़ा—और सबकी आँखें फोड़ डालीं.

सबको अंधा बनाकर एक ढेर में जमा किया और खुद लेट गया.

भाई लौटे और चिल्लाए:

"अरे मूर्ख! जानवर अंधे क्यों हैं?"

इवान बोला: "आँखों की उन्हें क्या ज़रूरत? जब तुम गए, तो सब इधर-उधर भाग रहे थे, तो मैंने सोचा इन्हें इकट्ठा कर लूँ—और आँखें निकाल दीं. मैं थक कर चूर हो गया हूँ!"

"हम तुझे अभी और थकाएँगे!"

और उन्होंने उसे फिर पीटा.

कुछ समय बाद माता-पिता ने उसे शहर के मेले से सामान खरीदने भेजा.

इवान ने सब-कुछ खरीद लिया—मेज़, चम्मच, कटोरे, नमक—पूरी गाड़ी भर.

वापस लौटते समय घोड़ा हाँफने लगा.

मूर्ख ने सोचा: "घोड़े के चार पैर हैं—मेज़ के भी चार हैं—क्यों न मेज़ खुद ही चले?"

उसने मेज़ सड़क पर उतार दी और आगे बढ़ गया.

आगे उसे कौवे मंडराते दिखे, कांव-कांव करते हुए.

"कितने रो रहे हैं बेचारे—ज़रूर भूखे होंगे!"

उसने भोजन से भरी थालियाँ ज़मीन पर रख दीं:

"लो, खाओ प्यारे-प्यारे पंछियो!"

फिर वह आगे बढ़ गया. एक झुरमुट में उसे जले हुए पेड़ों के ठूंठ दिखे.

"अरे बेचारे! सबके सर नंगे हैं—कहीं ठंड न लग जाए!"

उसने सब ठूंठों पर बर्तन-भांडे उलटकर टोपी की तरह पहना दिए.

नदी किनारे पहुँचा. घोड़े को पानी पिलाना चाहा—घोड़ा पीना नहीं चाहता था.

"अरे, इसे नमक चाहिए होगा!"

उसने पानी में एक बोरी नमक उड़ेल दिया.

फिर भी घोड़ा न पीए.

"क्यों नहीं पीता, ओ रूखे घोड़े! क्या मैंने बेकार नमक डाला?"

उसने एक मोटा लट्ठा उठाया और घोड़े के सिर पर दे मारा— घोड़ा मर गया.

अब उसके पास केवल लकड़ी की टोकरी में चम्मच बचे थे. उसने उन्हें पीठ पर लटका लिया.

चलते समय चम्मच खनकते— *खड़-खड़, खड़-खड़, खड़-खड़!*

इवान को लगा वे उसका मज़ाक उड़ा रहे हैं—"मूर्ख! मूर्ख!"

ग़ुस्से से उसने चम्मच वहीं फेंक दिए और पैरों तले रौंद डाला:

"अब बताता हूँ तुम्हें, बदतमीज़ों!"

घर पहुँचकर बोला:

"भाइयो, सब सामान ले आया!"

उन्होंने पूछा:

"अच्छा मूर्ख, तो सामान कहाँ है?"

"मेज़ चल रही है लेकिन पीछे रह गई; बर्तन प्लेटें मेरे प्यारे पंछियों को खिला रही हैं; बर्तन जंगल के लड़कों के सिर पर टोपी बने हैं; नमक घोड़े के पानी में गया; चम्मच बदतमीज़ निकले, तो मैंने फेंक दिए."

“जा, मूर्ख, जो-जो फेंका है सब उठा ला!”

इवान झुरमुट में गया, ठूंठों से बर्तन उतारे, एक लकड़ी में पिरोकर बड़े-छोटे सब घर ले आया.

भाइयों ने उसे फिर पीटा और खुद मेले चले गए—उसे घर की रखवाली पर छोड़कर.

मूर्ख पहरा दे रहा था कि उसने देखा—बियर की बाल्टी में किण्वन हो रहा है.

वह बोला: “अरे बियर, बदतमीज़ी मत कर!”

पर बियर तो उबलती रही.

तो उसने पूरी बाल्टी खाली की, उसमें बैठ गया और घर में लुढ़क-लुढ़ककर गाना गाने लगा.

जब भाई लौटे, तो बहुत ग़ुस्सा हुए.

उन्होंने उसे बोरी में ठूँसा, बर्फ़ीली नदी के किनारे ले गए, बोरी नीचे रखी और खुद बर्फ़ में छेद ढूँढ़ने चले गए.

तभी एक मालिक अपनी तीन घोड़ों वाली खूबसूरत गाड़ी (त्रोइका) में उधर आया.

इवान बोरी से चिल्लाया:

“लोगो, लोगों! मुझे जज और सूबे का हाकिम बना दिया है—पर मुझे न फ़ैसला करना आता है, न हुक्म चलाना!”

मालिक बोला: "ठहरो मूर्ख, मुझे आता है—बोरी से बाहर निकलो!"

इवान बाहर निकला—और मालिक को बोरी में ठूँसकर खुद त्रोइका पर बैठ गया.

घोड़ों को दौड़ाया और हवा होकर गायब.

भाई लौटे, बोरी उठा कर बर्फ़ के छेद में डाल दिया. गुर्र-गुर्र पानी की आवाज़ आई.

"देखो! गरारे कर रहा है!" वे हँसते हुए लौट पड़े.

लेकिन तभी इवान त्रोइका चलाता हुआ उनके सामने आ गया.

"देखो भाइयो! कैसी शानदार गाड़ी मिली मुझे! एक बेहतरीन धूसर घोड़ा तो अभी भी नीचे है!" भाइयों के मुँह में पानी भर आया.

"हमें भी बोरी में डाल दो, जल्दी से छेद में फेंको—हम भी वो धूसर घोड़ा ले आएँगे!"

इवान मूर्ख ने दोनों को बोरी में ठूँसा—और नदी में फेंक दिया.

दोनों डूब गए.

इवान घर लौटा और उनकी आत्मा की शांति के लिए बियर खत्म की.

उसके आँगन में एक गहरा कुआँ था जिसमें एक मछली तैर रही थी— और कहानी यहीं समाप्त होती है.

घोड़ा, मेज़पोश और सींग

एक समय की बात है, एक बूढ़ी औरत थी जिसका एक बिल्कुल मूर्ख बेटा था.

एक दिन उस मूर्ख को तीन मटर के दाने मिले, और वह उन्हें गाँव के बाहर बोने चला गया.

जब पौधे उगे, वह पहरा देने बैठा. पर तभी एक सारस आया और मटर चुगने लगा.

मूर्ख चुपके से आया और सारस को पकड़ लिया.

"अरे!" वह बोला. "मैं तुझे मार डालूँगा!"

सारस गिड़गिड़ाया:

"मुझे मत मारो, मैं तुम्हें कुछ दूँगा!"

"ठीक है!" मूर्ख ने कहा.

सारस ने उसे एक घोड़ा दिया और कहा:

"जब धन चाहिए हो, कहना: 'रुक!'

और जब काफ़ी हो जाए, कहना: 'चल!'"

मूर्ख घोड़ा लेकर चढ़ बैठा और बोला: "रुक!"

घोड़ा—*झन्न!*—चाँदी के सिक्कों में बदल गया.

मूर्ख ठहाके मारकर हँस पड़ा. फिर उसने कहा: "चल!"

और चाँदी फिर घोड़े में बदल गई.

वह सारस से विदा हुआ, घोड़े को सीधे अपने घर ले गया और माँ से बोला:

"माँ, कभी इसे 'रुक' मत कहना—सिर्फ़ 'चल' कहना!"

फिर वह अपने मटर के खेत में लौट गया.

बूढ़ी औरत सोचने लगी:

"इसने ऐसा क्यों कहा? चलो ज़रा कोशिश करें—'रुक!'"

और *धप्प!*

घोड़ा चाँदी के सिक्कों में बदल गया.

उसने लालच में सिक्के समेटकर संदूक में भर लिए.

जब उसे लगा काफी हो गया, बोली: "चल!"

और चाँदी फिर घोड़ा बन गई.

इधर मूर्ख ने फिर सारस को मटर चुगते देखा—फिर पकड़ा और धमकाया.

सारस बोला:

"मत मारो! मैं तुम्हें कुछ और देता हूँ!"

इस बार उसने उसे एक मेज़पोश दिया:

"जब भूख लगे, कहना: 'खुल जा!'

और खाने के बाद कहना: 'मुड़ जा!'"

मूर्ख ने तुरंत आज़माया:

"मेज़पोश, खुल जा!"

मेज़पोश *खटाक* से फैल गया— और उस पर तरह-तरह के व्यंजन और पेय नजर आने लगे.

जू भरकर खाकर, मूर्ख बोला:

"मेज़पोश, मुड़ जा!"

और मेज़पोश खुद-ब-खुद मुड़ गया.

वह उसे घर ले आया और माँ से बोला:

"लो माँ—कभी 'खुल जा' मत कहना—सिर्फ़ 'मुड़ जा' कहना!"

फिर वह मटर के खेत लौट गया.

माँ ने भी वही किया जो घोड़े के साथ किया था.

"खुल जा!"

और मेज़पोश पर खाना-पीना झट से प्रकट हो गया.

संतुष्ट होकर उसने कहा: "मुड़ जा!"

और मेज़पोश मुड़ गया.

कुछ समय बाद मूर्ख ने सारस को फिर पकड़ा.

इस बार सारस ने उसे एक सींग दिया और उड़ते हुए बोला:

"मूर्ख! कहना: 'सींग से निकल आओ!'"

मूर्ख ने ऐसा कहा—और उसकी मुसीबत शुरू.

सींग से दो तगड़े आदमी, लाठी लिए हुए, कूदकर बाहर आए और उसे इतना मारा कि बेचारा मूर्छित हो गया.

आसमान से सारस चिल्लाया:

"सींग में वापस जाओ!"

और वे दोनों फिर गायब हो गए.

मूर्ख माँ के पास गया:

"माँ! कभी मत कहना: 'सींग से निकल आओ!'—बस कहना:

'सींग में वापस!'"

मूर्ख पड़ोस गया, और माँ ने दरवाज़ा बंद कर के सोचा:

"ज़रा मैं भी देखूँ—सींग से निकल आओ!"

और *धम्म!*

वे दोनों लाठीधारी कूद पड़े और बूढ़ी को पीटने लगे.

वह चीखने लगी.

मूर्ख ने उसकी चीखें सुनीं, भागता हुआ घर आया—दरवाज़ा बंद मिला.

वह चिल्लाया:

"सींग में वापस!"

आदमी गायब हुए, बूढ़ी ने दरवाज़ा खोला.

मूर्ख बोला:

"देखा माँ! मैंने चेताया था!"

एक दिन मूर्ख ने सोचा—चलो साहबों और रईसों को दावत देते हैं.

मेहमान आ कर बैठ गए.

मूर्ख घोड़ा भीतर लाया और बोला:

"रुक, मेरे प्यारे घोड़े!"

और बस—घोड़ा चाँदी के सिक्कों में बदल गया! रईस हक्का-बक्का—फिर जल्दी-जल्दी सिक्के जेब में भरने लगे.

मूर्ख बोला:

"चल!"

और घोड़ा फिर प्रकट हुआ—पर इस बार उसकी पूँछ गायब थी.

अब भोजन का समय आया.

मूर्ख ने मेज़पोश फैलाया:

"खुल जा!"

मेज़पोश फैलते ही व्यंजनों से भर गया.

सब खाते, पीते, मौज करते रहे.

फिर मूर्ख ने कहा:

"मुड़ जा!"

और मेज़पोश मुड़ गया.

मेहमान जम्हाई लेकर बोले:

"अरे मूर्ख, एक खेल और दिखा!"

"ज़रूर!" मूर्ख बोला.

वह सींग उठा लाया.

और रईस चिल्लाए:

"सींग से निकल आओ!"

और फिर *धड़-धड़-धड़!*

दो लाठीधारी कूदकर निकले और मेहमानों को बाएँ-दाएँ मारना शुरू कर दिया—इतनी जोर से कि रईसों को चाँदी लौटा कर भागना पड़ा.

और मूर्ख?

वह अपनी माँ, अपने घोड़े, अपने मेज़पोश और अपने सींग के साथ सुख-समृद्धि से रहने लगा.

एलेना बुद्धिमती

बहुत समय पहले, किसी देश में, किसी राज्य में, एक सैनिक एक पत्थर की ऊँची मीनार के नीचे पहरा देता था. उस मीनार का दरवाज़ा ताला और मुहरों से बंद था.

आधी रात का पहला घंटा बजते ही उसे भीतर से एक आवाज़ सुनाई दी:

“अरे, पहरेदार!”

उसने पूछा:

“कौन बुला रहा है?”

जाली के पीछे से आवाज़ आई:

"मैं—शैतान! यहाँ तीस साल से बंद हूँ, न खाना मिला, न पानी."

"क्या चाहता है तू?"

"मुझे आज़ाद कर दो. कभी तुम्हें किसी मुसीबत में मेरी ज़रूरत पड़े, बस मेरा नाम लेना—मैं तुरंत आ जाऊँगा."

सैनिक ने मुहरें फाड़ीं, ताला तोड़ा, दरवाज़ा खोला...

शैतान बिजली की तरह बाहर निकला, आसमान में उड़ गया और एक पल में ग़ायब हो गया.

"लो जी," सैनिक ने सोचा, "मैंने तो आफ़त मोल ले ली! अब मेरा रेकॉर्ड गया. मुझे गिरफ्तार करेंगे, कोर्ट-मार्शल करेंगे, शायद कोड़े मार-मारकर मौत की सज़ा दें. बेहतर है, भाग चलूँ!"

उसने हथियार और पोटली फेंकी और अंजान दिशा में चल पड़ा.

एक दिन, दो दिन, तीन दिन—भूखा-प्यासा वह सड़क के किनारे गिर पड़ा और रोने लगा:

"क्या मूर्खता की मैंने! ज़ार की सेवा में था तो भरपेट खाता था, रोज़ तीन पाउंड रोटी मिलती थी... और अब? भूखे मरने को भाग निकला.

सब तेरी वजह से हुआ, शैतान!"

अचानक शैतान हाज़िर हुआ:

"कैसे हो, सैनिक? क्या चिंता है?"

"कैसे न हो? तीन दिन से भूखा हूँ!"

"घबराओ मत, व्यवस्था करता हूँ!"

शैतान इकड़े-उकड़े दौड़ा, खाने-पीने की चीज़ें लाया, सैनिक को तृप्त किया और कहा:

"चलो मेरे साथ. मेरे घर में रहोगे तो कभी कमी नहीं होगी. बस मेरी तीन बेटियों का ध्यान रखना—इतना ही काम है."

सैनिक मान गया.

शैतान ने उसे बगल से पकड़ा, हवा में उड़ाया, और धरती के छोर पर सफ़ेद पत्थर के महल में उतारा.

शैतान की तीन बेटियाँ थीं—दिन जैसी सुंदर.

उसने उन्हें आदेश दिया कि सैनिक की आज्ञा मानें, उसे अच्छी तरह खिलाएँ-पिलाएँ.

और शैतान खुद दुनिया में घूमने चल पड़ा—लोगों को बहकाने.

तीन सुंदरियों की सेवा में सैनिक राजा जैसा रहने लगा.

लेकिन एक बात उसे खटकती थी: हर रात वे तीनों रहस्यमय ढंग से कहीं गायब हो जातीं.

पूछने पर भी कुछ नहीं बतातीं.

सैनिक ने सोचा: "मैं जागकर देखूँगा कि जाती कहाँ हैं!"

उस रात वह सोने का ढोंग कर चुपचाप उठा, उनके कमरे के दरवाज़े तक गया और छेद से झाँका.

तीनों ने जादुई कालीन बिछाया, उस पर कूदीं—और सफ़ेद कबूतर बनकर खिड़की से उड़ गईं!

"अच्छा!" सैनिक ने सोचा. "मैं भी कोशिश करता हूँ."

वह कमरे में कूदा, कालीन पर गिरा—और लाल सीने वाला छोटा-सा रॉबिन बनकर उड़ चला.

वे कबूतर हरी घास के मैदान में उतरीं.

रॉबिन झाड़ियों में छिप गया.

थोड़ी देर में और भी कबूतर आए, पूरा मैदान सफ़ेद पंखों से ढक गया.

बीच में एक सुनहरी सिंहासन उठा.

फिर आसमान चीरती एक सोने की रथ आया, जिसे छह अग्निमय ड्रैगन खींच रहे थे.

उससे उतरी अनुपम सुंदरी—एलेना बुद्धिमती, एक ऐसी राजकुमारी जिसकी सुंदरता का वर्णन असंभव.

उसने सिंहासन पर बैठकर सब कबूतरों को बुलाया और उन्हें तरह-तरह की विद्या, कौशल और चालाकियाँ सिखाईं.

फिर रथ में बैठकर ग़ायब हो गई.

कबूतर उड़ गए.

रॉबिन भी तीन बहनों के पीछे-पीछे उड़कर वापस आया.

वे कालीन पर कूदीं और फिर लड़कियाँ बन गईं; रॉबिन भी सैनिक बन गया.

वे बोलीं:

“कहाँ थे तुम?”

“तुम्हारे साथ हरी घास पर. मैंने उस रानी को देखा और तुम्हें उसके पास तरह-तरह की चालें सीखते सुना.”

वे घबरा गईं:

“तुम बच गए! वह एलेना बुद्धिमती हमारी महारानी है. यदि उसके पास उसका जादुई ग्रंथ होता, तो तुम्हें पहचान लेती—बस फिर तुम्हारी मौत तय थी! सावधान सैनिक—उस मैदान पर मत जाना. एलेना से दूर रहना—नहीं तो नष्ट हो जाओगे!”

पर सैनिक नहीं डरा.

दूसरी रात फिर कालीन पर कूदा और रॉबिन बनकर उड़ चला.

इस बार उसने देखा, सीखा, और मन में कहा:

“काश ऐसी पत्नी मिल जाए... मैं पता लगाऊँगी रहती कहाँ है.”

एलेना बुद्धिमती सोने के महल पहुँची.

रॉबिन बगीचे के पेड़ पर बैठ गया और इतना मधुर, इतना मोहक गाया कि राजकुमारी सो ही न सकी.

भोर में उसने कहा:

"जल्दी जाओ, उस रॉबिन को पकड़ो!"

बूढ़ी दासियाँ भागीं, पर छोटी-सी चिड़िया कहाँ हाथ आती!

राजकुमारी खुद आई.

एक झाड़ी के पास पहुँचते ही रॉबिन स्थिर हो गया—मानो पकड़े जाने को तैयार.

एलेना ने उसे पकड़कर सोने के पिंजरे में रख लिया.

रात में वह मैदान से लौटकर सो गई.

रॉबिन ने उसे देखा—उसका चाँद जैसा शरीर, अलौकिक सुंदरता—और काँप उठा.

जैसे ही वह सोई, रॉबिन मक्खी बना, पिंजरे से निकलकर आदमी बना और उसके होंठ चूम लिए.

वह हिली तो वह फिर मक्खी बनकर पिंजरे में लौट गया.

तीन बार ऐसा हुआ.

अंत में राजकुमारी उठ बैठी:

"नहीं, यह सपना नहीं! जादुई ग्रंथ लाओ!"

उसने ग्रंथ देखा—और सत्य जान लिया.

“अरे तुम! बाहर आओ! झूठे, तुम्हारी जान अब गई!”

रॉबिन नीचे उतरा, आदमी बना, और घुटनों पर गिर पड़ा.

“माफ़ करो, राजकुमारी!”

“व्यर्थ है!”

उसने जल्लाद को बुलाया—एक विशालकाय कुल्हाड़ी वाला दानव आया.

सैनिक का सिर काटने ही वाला था कि उसने कहा:

“एक आखिरी बार गाने दो...”

“ठीक है—जल्दी!”

सैनिक का गीत इतना शोकपूर्ण, इतना हृदयविदारक था कि राजकुमारी रो पड़ी.

उसने कहा:

“ठीक है. तुम्हें दस घंटे देती हूँ. यदि तुम ऐसे छिप गए कि मैं तुम्हें न ढूँढ सकूँ—तो मैं तुमसे विवाह करूँगी. यदि मिल गए—तो सीधा वध!”

सैनिक जंगल गया, बैठा और रोया:

“शैतान! तूने मुझे कहाँ फँसा दिया!”

तभी शैतान आया:

“क्या चाहिए?”

“कैसे छिपूँ उससे?”

शैतान गिरा—और महान चील बन गया:

“पीठ पर बैठो!”

चील बादलों से ऊपर उड़ गया.

पाँच घंटे बीते—एलेना ने जादुई ग्रंथ देखा और बोली:

“बहुत उड़ लिया! नीचे उतर—मुझसे कुछ नहीं छिपता!”

चील उतरा. सैनिक बुझ गया.

“अब क्या करूँ?”

“रुको,” शैतान बोला.

उसने सैनिक को चपत मारी—और सैनिक सुई बन गया.

शैतान खुद चूहा बना, सुई दाँतों में दबाई, महल में घुसा, और सुई को राजकुमारी के जादुई ग्रंथ में छिपा दिया.

पाँच घंटे बीत गए. एलेना ने ग्रंथ खोला—कुछ नहीं मिला.

क्रोध में उसने उसे आग में फेंक दिया.

ग्रंथ से गिरकर सुई फर्श पर पड़ी—और सैनिक बनकर खड़ा हो गया. राजकुमारी ने उसका हाथ पकड़ा:

“मैं चतुर हूँ, पर तुम और भी चतुर निकले!”

वे तुरंत विवाह बंधन में बंधे और जीवन भर सुख से रहे.

लोभी बूढ़ी औरत

बहुत समय पहले एक बूढ़ा आदमी और एक बूढ़ी औरत रहते थे.

एक दिन बूढ़ा आदमी जंगल में लकड़ी काटने गया.

उसने एक बहुत पुराने पेड़ को चुना और कुल्हाड़ी उठाकर उसे काटने ही वाला था कि पेड़ बोल उठा:

"अरे भले आदमी, मुझे बख्श दो! मैं तुम्हारी हर इच्छा पूरी कर दूँगा."

"तो मुझे अमीर बना दो," बूढ़े ने कहा.

"ठीक है—घर जाओ, तुम्हारी सारी मनोकामनाएँ पूरी होंगी."

जब वह लौटकर आया, उसने देखा कि पुरानी झोपड़ी की जगह एक नई-नकोरी इज़बा खड़ी है—चारों ओर भंडार ही भंडार:

टोकरी भर—भरकर सिक्के, दशकों के लिए गेहूँ,

गायें, घोड़े, भेड़ें—इतनी कि तीन दिन गिनते रहो तो भी पूरी न हों!

बूढ़ी औरत चकित होकर बोली:

"अरे, यह सब कहाँ से आया?"

बूढ़े ने कहा:

"अरी बूढ़िया, मुझे एक ऐसा पेड़ मिला है जो मेरी हर बात मानता है."

एक महीने बाद, बूढ़ी औरत इस वैभव से भी ऊब गई.

"धन-सम्पत्ति का क्या फ़ायदा अगर लोग इज़्ज़त न करें?

कभी भी मेयर हमें बेगार पर भेज सकता है, चाहे तो पिटवा भी दे.

जाओ, अपने पेड़ से कहो कि तुम्हें मेयर बना दे."

बूढ़ा कुल्हाड़ी लेकर पेड़ के पास गया और उसे काटने का नाटक किया.

पेड़ बोला:

"क्या चाहिए, भले आदमी?"

"मुझे मेयर बना दो."

"ठीक है—शांति से जाओ."

वह लौटा तो दरवाज़े पर सिपाही खड़े चिल्ला रहे थे:

"अबे बूढ़े! कहाँ मर रहा था? हमें अच्छे ठिकाने दिखा—चल!"

और उन्होंने उसे तलवार की धार की सपाट से पीटना शुरू कर दिया.

यह अपमान देखकर बूढ़ी औरत बोली:

"मेयर की बीवी होने का क्या फ़ायदा? सिपाही पीटते हैं, मालिक मनमानी करता है.

जाओ, पेड़ से कहो कि तुम्हें मालिक और मुझे मालिकिन बना दे.”

बूढ़ा फिर कुल्हाड़ी लेकर गया.

पेड़ ने पूछा:

“क्या चाहिए?”

“मुझे मालिक (लॉर्ड) और मेरी बूढ़ी स्त्री को बड़ी मालकिन बना दे.”

“ठीक है—शांति से जाओ.”

बूढ़ी औरत अब बड़ी मालकिन बनी, पर उसकी प्रतीक्षा और बढ़ गई.

“बड़ी मालकिन होने से क्या हुआ?

अगर तुम कर्नल बनते और मैं कर्नल की बीवी—तब बात ही कुछ और होती, सब हमसे जलते!”

उसने बूढ़े को फिर भेजा.

वह पेड़ के पास गया और कुल्हाड़ी उठाई.

पेड़ बोला:

“अब क्या चाहिए?”

“मुझे कर्नल और मेरी पत्नी को कर्नल की पत्नी बना दो.”

“ठीक है—शांति से जाओ.”

वह लौटा तो उसे कर्नल बना दिया गया.

कुछ समय बाद बूढ़ी औरत फिर उकता गई.

"कर्नल होने का क्या मतलब?

जनरल चाहे तो तुम्हें गिरफ्तार करवा दे.

जाओ, पेड़ से कहो कि तुम्हें जनरल और मुझे जनरल की पत्नी बना दे."

बूढ़ा फिर गया.

पेड़ ने पूछा:

"क्या चाहिए?"

"मुझे जनरल और मेरी पत्नी को जनरल की पत्नी बना दो."

"ठीक है—शांति से जाओ."

अब बूढ़ा जनरल बन गया.

कुछ समय बाद बूढ़ी औरत फिर बोली:

"जनरल होने का क्या फ़ायदा?

ज़ार चाहे तो तुम्हें साइबेरिया भेज दे.

जाओ, पेड़ से कहो कि तुम्हें ज़ार और मुझे ज़ारीना बना दे."

बूढ़ा फिर पेड़ के पास गया.

पेड़ ने पूछा:

“अब क्या चाहिए?”

“मुझे ज़ार और मेरी पत्नी को ज़ारीना बना दो.”

“ठीक है—शांति से जाओ.”

घर पहुँचा तो दूत बोले:

“ज़ार की मृत्यु हो गई है; उनके स्थान पर तुम्हें चुना गया है.”

बूढ़ा और उसकी बूढ़ी औरत ज़ार-ज़ारीना बन गए—पर शासन अधिक दिन न चला.

क्योंकि बूढ़ी औरत, जो कभी संतुष्ट नहीं होती थी, एक दिन बोली:

“ज़ार होने में क्या रखा है?

ईश्वर चाहे तो मौत दे दे, और फिर दफन होना पड़े. जाओ, अपने पेड़ से कहो कि हमें देवता बना दे!”

बूढ़ा आज्ञाकारी की तरह फिर चला.

पेड़ ने उसके ये पागलपन भरे शब्द सुने, पत्ते हिलाए और बोला:

“तू भालू बन जा—और तेरी बीवी रीछी.”

और उसी क्षण वे दोनों भालू बन गए और जंगल में भाग गए.

फिनिस्ट चमकीला बाज का पंख

एक समय की बात है, एक आदमी था जिसकी तीन बेटियाँ थीं.

बड़ी और मँझली घमंडी, छोटी विनम्र और घर सँभालने में निपुण.

एक दिन पिता शहर जाने की तैयारी कर रहा था. उसने पूछा:

"बेटियो, तुम्हारे लिए क्या लाऊँ?"

बड़ी बोली:

"मेरे लिए सुन्दर कपड़ा ले आना!"

मँझली ने भी वही माँगा.

पिता ने छोटी से पूछा:

"और तुम, मेरी प्यारी, तुम क्या चाहती हो?"

छोटी ने कहा:

"मेरे लिए *फिनिस्ट चमकीला बाज* का एक पंख लाना."

पिता ने विदा ली और चला गया.

उसने दो बेटियों के लिए कपड़े खरीद लिए, लेकिन *फिनिस्ट चमकीला बाज* का पंख कहीं नहीं मिला.

घर लौटकर उसने बड़ी और मँझली को उनके कपड़े दिए— वे बहुत खुश हुईं.

फिर वह छोटी से बोला:

"तुम्हारे लिए वह पंख नहीं मिल सका."

"कोई बात नहीं," वह बोली, "शायद अगली बार भाग्य साथ दे." दोनों घमंडी बहनों ने कपड़े सिलवाए, सजधज कर घूमीं, और छोटी का मज़ाक उड़ाया; पर छोटी चुप रही.

कुछ समय बाद पिता फिर शहर जाने लगा:

"तो बताओ, बेटियो, इस बार क्या लाऊँ?"

बड़ी और मँझली ने रूमाल माँगे; छोटी ने फिर कहा:

"पिताजी, मेरे लिए *फिनिस्ट चमकीला बाज* का पंख ही लाना."

पिता शहर गया, दो रूमाल खरीद लिए, पर पंख का कोई नामोनिशान नहीं.

वापस आकर बोला:

"अफ़सोस, बेटी, इस बार भी तुम्हारा पंख नहीं मिला."

"कोई बात नहीं, पिताजी, अगली बार मिल जाएगा," छोटी ने उत्तर दिया.

तीसरी बार पिता शहर जाने लगा:

"तो अब बताओ, मेरी बेटियो, इस बार क्या लाना है?"

दोनों बड़ी बोलीं:

"हमारे लिए सोने की बालियाँ लाना."

छोटी ने फिर दोहराया:

"आप मुझे *फिनिस्ट चमकीला बाज* का पंख ही लाना, पिताजी."

पिता ने सोने की बालियाँ खरीदीं और बहुत कोशिश की पंख ढूँढने की; पर किसी ने उसके बारे में सुना तक न था.

निराश होकर वह लौटने लगा.

शहर के फाटक पर उसे एक बूढ़ा मिला, जिसके हाथ में एक छोटी-सी डिबिया थी.

"क्या है तेरे पास, बाबा?"

"*फिनिस्ट चमकीला बाज* का पंख," बूढ़ा बोला.

"कितने का?"

"एक हज़ार रूबल."

पिता ने पैसे दिए, डिबिया ली, और जल्दी-जल्दी घर लौटा.

बेटियाँ स्वागत को दौड़ीं.

वह छोटी से बोला:

"लो, मेरी प्यारी, इस बार तुम्हारा तोहफ़ा मिल ही गया—यही रहा!"

छोटी खुशी से उछल पड़ी, डिबिया ली, उसे चूमा, सीने से लगा लिया.

रात को सब सोने चले गए.

अपने कमरे में अकेली छोटी ने डिबिया खोली.

डिबिया से *फिनिस्ट चमकीला बाज* का पंख उड़कर ज़मीन पर गिरा—और एक रूपवान राजकुमार बन गया.

दोनों ने प्रेम से बातें कीं, मधुर शब्दों का आदान-प्रदान किया.

बड़ी बहनों ने आवाज़ सुनी और कहा:

"किससे बातें कर रही हो, बहन?"

"अपने आप से," छोटी ने उत्तर दिया.

"दरवाज़ा खोलो!"

राजकुमार फ़ौरन ज़मीन पर गिरकर फिर पंख बन गया; लड़की ने उसे डिबिया में रखा और दरवाज़ा खोल दिया.

बहनों ने हर कोना टटोला—कोई नहीं मिला.

जैसे ही वे चली गईं, सुंदर लड़की ने खिड़की खोली, पंख निकाला और कहा:

"उड़ जा, मेरे पंख, खेतों में; अभी कुछ समय के लिए आज़ाद रहो!"

पंख चमकीले बाज में बदलकर उड़ गया.

अगली रात *फिनिस्ट चमकीला बाज* लौट आया; वे फिर खुशी से बातें करते रहे.

बड़ी बहनों ने फिर आवाज़ सुनी और इस बार पिता के पास भागीं:

“पापा! हमारी छोटी बहन के कमरे में रात को कोई आता है. अभी भी है—उससे बातें कर रही है.”

पिता उठे, सबसे छोटी के कगरे में गए; अंदर गए तो राजकुमार फिर पंख बनकर डिबिया में पड़ा था.

“अच्छी बात नहीं, बदमाशो!” उन्होंने डाँटा.

“किस बात की चुगली? अपना काम देखो!”

अगले दिन दोनों बहनों ने षड्यंत्र रचा.

रात को उन्होंने खिड़की के नीचे सीढ़ी लगाई, नुकीले चाकू और सुइयाँ जमा कीं, और छोटी बहन की खिड़की की चौखट पर उन्हें खूब जड़ दिया.

रात को *फिनिस्ट चमकीला बाज* आया, भीतर आने की कोशिश की, पर लोहे जैसे नुकीले चाकू और सुइयों से उसके पंख घायल हो गए.

“विदा, मेरी प्रिये!” उसने कहा.

“यदि तुम मुझे ढूँढना चाहो, तो दुनिया के छोर तक आना होगा.

तुम्हें तीन जोड़ी लोहे के जूते घिसने होंगे, तीन लोहे की लाठियाँ तोड़नी होंगी, और तीन पत्थर की रोटियाँ खानी होंगी—तभी तुम मुझे पा सकोगी!”

सुंदरी सो रही थी, सपनों में उसकी उदास आवाज़ सुनती रही, पर उठ न सकी.

सुबह उसने खिड़की देखी—चाकू और सुइयों से भरी हुई, उन पर खून लगा हुआ.

उसने हाथ मरोड़कर कहा:

"हाय, मेरी बहनों ने मेरे प्रिय को घायल कर दिया!"

वह तुरंत घर से निकल पड़ी.

लोहार के पास जाकर उसने तीन जोड़ी लोहे के जूते बनवाए, तीन लोहे की यात्रियों की लाठियाँ, तीन पत्थर की रोटियाँ तैयार कराईं और *फिनिस्ट चमकीला बाज* को खोजने निकल पड़ी.

वह चलती गई, चलती गई— पहली जोड़ी जूते घिस गए, पहली लाठी टूट गई, पहली पत्थर की रोटी खा ली.

एक झोंपड़ी के पास पहुँची, दस्तक दी:

"मालिक, मालकिन! एक रात के लिए आश्रय दे दीजिए."

एक बूढ़ी औरत बाहर आई:

"आओ, सुंदरि, स्वागत है. कहाँ जा रही हो, बेटी?"

"अम्मा, मैं *फिनिस्ट चमकीला बाज* को ढूँढ रही हूँ."

"अरे, बेटी, तुम्हें अभी बहुत दूर जाना है!"

सुबह होते ही बूढ़ी ने कहा:

"अब तुम मेरी मँझली बहन के पास जाओ; वह अच्छी सलाह देगी.

यह लो चाँदी का चरखा और सुनहरा तकुआ जिससे सूत सोने के धागे में बदल जाता है."

उसने एक जादुई गेंद ली, रास्ते पर लुढ़काई और लड़की से कहा:

"गेंद जहाँ जाए, तुम पीछे-पीछे चलना."

लड़की ने धन्यवाद किया और गेंद के पीछे चल पड़ी.

कुछ समय बाद दूसरी जोड़ी लोहे के जूते घिस गए, दूसरी लाठी टूट गई, दूसरी पत्थर की रोटी भी खा ली.

गेंद एक और झोंपड़ी के सामने रुकी.

लड़की ने दस्तक दी:

"अच्छे लोगो! एक गरीब लड़की को एक रात की शरण दे दीजिए."

एक बूढ़ी औरत बोली:

"आ जा, बेटी! कहाँ से, कहाँ को?"

"अम्मा, मैं *फिनिस्ट चमकीला बाज* को ढूँढ रही हूँ."

"तुम्हें अभी बहुत दूर जाना है, बेटी."

सुबह उसने लड़की को चाँदी की थाली और सोने का अंडा दिया और कहा:

"अब तुम मेरी सबसे बड़ी बहन के पास जाओ—उसी को पता है कि *फिनिस्ट चमकीला बाज* कहाँ है."

लड़की विदा लेकर चल पड़ी.

चलते-चलते तीसरी जोड़ी लोहे के जूते घिस गए, तीसरी लाठी टूट गई, तीसरी पत्थर की रोटी भी खा ली.

गेंद आख़िर एक तीसरी झोंपड़ी के सामने रुकी.

लड़की ने दस्तक दी:

"अच्छे लोगो! एक गरीब लड़की को रात भर आसरा दे दीजिए."

एक बूढ़ी औरत बाहर आई:

"आओ, सुंदरी! स्वागत है. कहाँ से आई हो, कहाँ जाना चाहती हो?"

"अम्मा, मैं *फिनिस्ट चमकीला बाज* को ढूँढ रही हूँ."

बूढ़ी बोली:

"अरे, उसे पाना बहुत, बहुत कठिन है!

वह अभी अमुक शहर में रहता है—एक बेकरीवाली की बेटी से उसका विवाह हो चुका है."

सुबह उसने कहा:

"यह लो सोने की कढ़ाई की चौखट और जादुई सुई—तुम बस चौखट पकड़ना, सुई खुद-ब-खुद कढ़ाई कर देगी.

अब जाओ, उसी बेकरीवाली के यहाँ नौकरानी बनकर काम माँगना."

ऐसा ही हुआ.

सुंदरी बेकरी तक पहुँची, काम पर रखी गई;

वह बेहतरीन काम करती—भट्ठी जलाती, पानी लाती, खाना पकाती.

उसकी मालकिन ने कहा:

"ईश्वर का शुक्र है, हमें अच्छी, मेहनती नौकरानी मिली—बिना कहे सब काम कर देती है!"

घर के काम निपटाकर लड़की चाँदी की चौखट और सोने का तकुआ लेकर बैठती—और सूत से शुद्ध सोने का धागा निकलता.

बेकरीवाली की बेटी ने देखा और चकित होकर बोली:

"अरे सुंदरी! यह खिलौना बेचोगी?"

"क्यों नहीं."

"कितने में?"

"मुझे बस एक रात तुम्हारे पति के साथ बिताने दो."

लड़की ने सोचा: "हूँ! हम उसके पति को सोने की दवा दे देंगे, और इस तकुए से तो हम और माँ दोनों सोना कमा लेंगे."

वह मान गई.

फिनिस्ट पूरे दिन आसमान में उड़ता, शाम को लौटता.

वह आया; सौतेली पत्नी ने उसके पेय में नींद की दवा मिलाई; वह गहरी नींद सो गया.

सुंदरी को उसके कमरे में भेज दिया गया:

"जा, मक्खियाँ उड़ा देना उसके ऊपर से."

वह मक्खियाँ उड़ा-उड़ाकर रोती रही:

"जागो, जागो, मेरे फिनिस्ट! मैं हूँ तुम्हारी प्रियतमा;

मैंने तीन जोड़ी लोहे के जूते घिसे, तीन लोहे की लाठियाँ तोड़ी, तीन पत्थर की रोटियाँ खा डालीं—तुम्हें ढूँढते-ढूँढते!"

लेकिन फिनिस्ट सोता रहा, कुछ न सुना.

रात कट गई.

दूसरे दिन सुंदरी ने चाँदी की थाली निकाली, उस पर सोने का अंडा घुमाया—अंडा और अंडे बनता गया, बढ़ता गया.

बेकरीवाली की बेटी ललचा गई:

"यह खिलौना बेचोगी?"

"क्यों नहीं."

"कितने में?"

"मुझे तुम्हारे पति के साथ दूसरी रात बिताने दो."

"ठीक है, मंजूर!"

दूसरी रात भी वही हुआ.

फिनिस्ट उड़कर आया, भोजन कर के बैठा; वह उसे तकती रही—पर वह उसे पहचानता ही नहीं.

उसकी पत्नी ने फिर नींद की दवा दी, और सुंदरी को मक्खियाँ उड़ाने भेज दिया.

वह फिर रोती रही, पुकारती रही—पर वह सोता ही रहा.

तीसरे दिन सुंदरी ने जादुई कढ़ाई चौखट निकाली; सुई खुद चलकर अद्‌भुत डिज़ाइन बुनने लगी.

बेकरीवाली की बेटी चौंकी:

"सुंदरी, यह खिलौना बेच दो!"

"क्यों नहीं."

"कितने में?"

"बस, मुझे तुम्हारे पति के साथ तीसरी रात बिताने दो."

"ठीक है, मंजूर!"

तीसरी रात भी फिनिस्ट आया, उसे खाने में फिर दवा दी गई, और सुंदरी को उसके कमरे में भेजा गया.

वह उसके सिरहाने बैठकर रोती रही:

"जागो, मेरे फिनिस्ट चमकीले बाज!

मैं हूँ तुम्हारी प्रियतमा; तीन लोहे की लाठियाँ तोड़ दीं, तीन लोहे के जूते घिस दिए,

तीन पत्थर की रोटियाँ खा डालीं—बस तुम्हें ढूँढते-ढूँढते. तीन रातों से तुमसे बोल रही हूँ—पर तुम सुनते ही नहीं!"

इतना रोई कि एक आँसू फिनिस्ट के गाल पर गिरा. वह चौंक कर जाग गया:

"अरे! किसने जलाया मुझे?"

लड़की बोली:

"मेरे फिनिस्ट चमकीले बाज, मैं हूँ यहाँ; मैंने तीन जोड़ी लोहे के जूते घिसे, तीन लोहे की लाठियाँ तोड़ी, तीन पत्थर की रोटियाँ खाईं—तुम्हें ढूँढते-ढूँढते.

यह तीसरी रात है कि मैं तुमसे बात करती हूँ—और तुम सुनते ही नहीं थे!"

इस बार फिनिस्ट ने उसे पहचान लिया.

वह बहुत खुश हुआ; उन्होंने तय किया कि अब यहाँ से भाग चलें.

सुबह जब बेकरीवाली की बेटी उठी, तो कमरा खाली था.

उसने माँ से शिकायत की; माँ ने गाड़ी जुड़वाई और उनका पीछा किया, रास्ते में तीनों बूढ़ी औरतों की झोंपड़ियों पर भी रुकी, पर कहीं फिनिस्ट मिला ही नहीं—वह तो जैसे हवा में ग़ायब हो चुका था.

उधर प्रेमी दोनों छोटी लड़की के पुराने घर पहुँचे. फिनिस्ट ज़मीन पर गिरकर फिर पंख बन गया; लड़की ने उसे

उठा लिया, सीने से लगाकर छिपा दिया और अपने पिता के पास गई.

पिता ने कहा:

"ओ मेरी प्यारी बेटी! मैं तो समझता था तुम मर गई हो. कहाँ रही इतने दिन?"

"तीर्थ पर," उसने उत्तर दिया.

यह पवित्र सप्ताह की पूर्व संध्या थी.

पिता और दोनों बड़ी बहनें चर्च की सुबह की आराधना में जाने की तैयारी कर रहे थे.

"चलो, बेटी, हमारे साथ चलो; कितना पवित्र दिन है," पिता ने कहा.

"पिता, मेरे पास पहनने को कुछ नहीं है,"

उसने कहा.

बहनों ने कहा:

"हमारे कपड़े पहन लो."

"तुम्हारे कपड़े मुझ पर नहीं जँचेंगे," वह बोली. "मैं यहीं रहूँगी."

पिता और दो बहनें चर्च चले गए.

सुंदरी ने पंख निकाला; वह ज़मीन पर गिरकर राजकुमार बन गया.

उसने खिड़की से सीटी बजाई—तुरंत कपड़े- गहने, सोने की गाड़ी हाज़िर हो गए.

दोनों ने राजा–रानी की तरह कपड़े पहने और चर्च चले गए.

सब लोग सोचते रहे: "ये कौन राजकुमारी और राजकुमार हैं?"

प्रार्थना समाप्त होते ही वे पहले घर लौट आए.

कपड़े, गाड़ी सब ग़ायब, राजकुमार फिर पंख बन गया.

पिता और बहनें लौट आए.

"बहन, तुम्हें चर्च आना चाहिए था," उन्होंने कहा.

"एक राजकुमार–राजकुमारी आए थे—अद्भुत रूप वाले!"

"कोई बात नहीं बहनों," छोटी बोली. "आपको सुनकर ऐसा लगता है मानो मैं उन्हें अपनी आँखों से देख आई हूँ."

दूसरे दिन भी वही हुआ.

तीसरे दिन जब वे गाड़ी में बैठ रहे थे, पिता चर्च से बाहर निकल रहे थे.

उन्होंने देखा गाड़ी उनके घर के सामने रुकी—और फिर अचानक ग़ायब हो गई.

घर लौटकर उन्होंने छोटी से पूछा.

वह बोली:

"अब मैं सब सच कहती हूँ."

उसने पंख निकाला; वह ज़मीन पर गिरकर राजकुमार बन गया.

फिर उनका विवाह कर दिया गया—और वे सदा सुखी रहे.

www.ingramcontent.com/pod-product-compliance
Lightning Source LLC
LaVergne TN
LVHW051116051026
849532LV00004BB/1561